レフィリア貿易の設立
「いえ、ですから、お父様が経営されている商会ではなく、レフィリアさんが新たに自分で立ち上げられた商会にお願いできれば、と考えているのですが……」
「やります！　やらせて下さい！　この命と誇りに懸けて、必ずや、御期待に応えてみせます!!」

女神様?の使い

『ヴァネル王国海軍、40門艦「イーラス」の皆さん！女神様からのお使いで参りました！ちょっとお話を聞いて戴けませんかぁぁ！』
「「「「遂に、お迎えが来やがったあああああぁ!!」」」」

口八丁手八丁
「はい、我が祖国は、『ニホン』と申します……」
「ニホン？　聞かぬ名だな……」
「もしかすると、この辺りでは違う名で伝わっておりますかも……。他国でも、ニホン、ニッポン、ジャパン、ヤーパン、ジパング、その他様々な名で呼ばれておりますから……。他にも、ある国など、エイコク、イギリス、イングランド、グレート・ブリテン、ユナイテッドキングダム等、様々な名で呼ばれておりますし……」

Author: FUNA
Illustration: モトエ恵介
キャラクター原案: 東西
老後に備えて
異世界で
8万枚の
金貨を貯めます
Saving 80,000 gold coins in the different world for my old age
6

CONTENTS

Saving 80,000 gold coins in the different world for my old age

DESIGN：小久江厚+松浦リョウスケ（ムシカゴグラフィクス）

第五十一章　情報収集・夜の部

やってきました、ヴァネル王国の港町！

そう、例の、艦隊基地がある軍港の町だ。

目指すはあの船、ええと……、あったあった、最新鋭艦『リヴァイアサン』。ひいふうみい、ちゃんと片側に32個の砲門があるから、最新鋭の64門艦、間違いなし！

前回と同じ時間帯だから、同じベンチに腰掛けていると……。


1時間半くらい待っていたけど、軍人君は来なかった。そうそう都合良くはいかないか。

ま、約束していたわけじゃないから、当たり前か。外出日なら、起きて朝食摂ってすぐ出掛けるとすれば、毎回同じくらいの時間帯になるだろうと思ったんだけど、そもそも、いくら入港中であっても、下っ端水兵に外出が許可されるのなんて、週に1～2日あればいい方だろう。

ま、のんびりいこう。

あ、軍人君じゃない、他の水兵さんには何度も声を掛けられたよ。……しつこいくらいに。

人を待っている、と言っても、じゃあ待っている間だけでも、と言われたから、何人かとベンチで少しお話したけれど、軍人君程の知識を持っている人も、紳士で礼儀正しく、話が面白い人もいなかった。最初で当たりを引いたんだなぁ、やっぱり……。

いや、勿論《もちろん》、年配の人ならば軍人君より遥《はる》かに知識のある人はたくさんいるのだろうけど、あくまでも『この国では12～13歳くらいに見えるであろう私に声を掛けてくる、14～16歳くらいの水兵さんの間では』、ということね。

男の子達はみんな、20～30分くらい経つと、『相手が来ないようだから、今日は俺と一緒に……』とか言い出すから、そんなことはできない、と怒った振りをして追い払うんだけど、それを待っていたかのように、次々と男の子がががが！

モテ期か？　モテ期到来なのか、私!!

……いや、いい。分かってるよ……。

そして、1時間半くらい経っても軍人くんが来なければ、撤収。この場所は船から上陸する兵隊さんは必ず通る場所だから、つまり、今日は軍人君の外出日じゃなかった、ってことだろう。

そして、1日目、2日目と空振りで、3日目。

「ミツハちゃん！」

そう叫びながら向こうから走ってくるのは……、おお、久し振りに会う軍人君だ。

「お久し振りです！」

「み、ミツハちゃん……」

全力疾走してきたのか、ぜえぜえと息を切らしている軍人君。

あれ？　そういえばさっき、軍人君はまだ私の顔が判別できないであろう遠くから、まるで私がいるのを知っていたかのように真っ直ぐ走ってきたよね？

「あの、私がいることを知って……」

「あ、ああ、昨日上陸番だった先輩から、『埠頭《ふとう》のベンチに、帰らぬ恋人を待っている異国風の顔《エキゾチックな》立ちの美少女がいる』って聞いて、絶対にミツハちゃんのことだと思って……」

おお、美少女とな！　よし、その先輩とやらには、軍人君に頼んでお土産を言付《ことづ》けよう。

偉い人達……、軍人君から見れば、それこそ『雲の上の人達』から聞き集めた情報の隙間を埋めるための、その時に偉い人に聞くと怪訝《けげん》に思われそうなことを、軍人君に聞く。それと、まぁ、顔《かお》繋《つな》ぎ、って感じかな、今日の目的は。

では、お店に向かって、レッツ・ゴー！

……って、軍人君と同年代から5～6歳くらい上までの年齢層の、水兵さん達からの視線が……。

軍人君、先輩や上官に見られたくないんじゃなかったのかな？　何か、すごく自慢そうなドヤ顔してるけど、大丈夫なのかな、船に戻ったあとで……。

そして、今日は朝食を摂らずに来たので、軽い食事を摂りながらの情報収集。

「1回の訓練航海はそれくらいなんだ……。じゃあ、実戦だと、どれくらいの相手とどれくらい戦えば砲弾や火薬が足りなくなっちゃうの？」

「搭載している大砲は同じだから、武器の性能は2世代前の40門艦と同じ？　ただ砲数と船体《プラットホーム》の差で圧倒的に有利？　なる程……」

偉い人に聞くのは、何かヤバそう。

そして拿捕船《だほせん》のみんなも、帰化してくれたとはいえ、家族や友人達が住む母国が不利になる情報をぺらぺらと喋《しゃべ》るのは裏切り行為のように思えるのか、一般論以上の話になると口が重かった。

無理に喋らせるのもアレだし、適当なことを喋られても困るので、一応は自発的に話してくれるところは聞いたんだけど、皆の言うことを較べると、色々と不整合や矛盾があるんだよね……。

まぁ、下っ端水兵が何でも知っているわけじゃないだろうし、士官にしても、あんな博打《ばくち》のような航海に出されるような連中なので、あまり期待する方が間違ってるか。母国を出港してから日も経っているし。

そういうわけで、最新情報を喜んで話してくれる軍人君の価値は高い。

よし、予定通り、用意しておいたプレゼントを渡しておこう。地球のフォールディングナイフだけど、船乗りならば使う機会もあるだろう。

軍人君とは、前回と同じく、昼前に別れた。せっかくの外出日なのに、あんまり私が時間を潰させちゃ悪いからね。勿論、今回も支払いは私。私の都合で時間を潰させているのに、そこまで迷惑は掛けられないよ。

そしてちゃんと、別れる前にプレゼントのナイフを渡しておいた。中身は教えないまま別れたから、後で開けて、喜んでくれるといいんだけど。

この国では、贈り物はその場で開けて礼を言う、というのが普通らしいけれど、別れ際に渡したから、そのままさっさと離脱したのだ。

軍人君は、今回もまた、次の約束とかをしたがったけど、そもそも自分の船の行動予定が下っ端には知らされていないため、約束のしようがないでしょうが。

そう言ったら、諦めてくれた模様。

まぁ、今回私が数日間待ち続けてでも会おうとしたこと、そしてその間に大勢に声を掛けられたけれど全て断った、ということを知っているから、少しは安心したんじゃないかな。

アレだアレ、『アイツは、もう俺の女だからな』ってやつ。

女の子は、男の所有物じゃないよ！　プンプン！

で、まぁ、そのままさっさと転移で日本か領地に戻っても良かったんだけど、せっかく来たんだから、また前回と同じくお店を廻《まわ》って市井《しせい》の調査。こういう、地道な調査が大事なんだよねぇ、うん。……お店巡りは楽しいし。

……で、夜である。

今回は、夜の部の調査を行う。

準備は万端。パーティーに出た時に、海軍の上級士官の人達からお勧めの店や必要な情報を入手しておいたのだ。伊達《だて》にパーティー巡りをしていたわけではない。

大きなものを失ってまで、……いや、本当は、大きな脂肪《もの》が手に入ったわけだけど……、どうして腹ではなく胸には付かないのか!!

……いや、とにかく、大事なものを失ってまで手に入れた情報なのだから、有効活用しないと、失われた私のプロポーションが浮かばれない。くそ。

＊　　＊

からららん

一軒のバーのドアベルが鳴り、老齢のバーテンダーと数名の常連客達の視線が自然にそちらへと向けられ、……そして眼を剝いた。

ここは、むさい男達、特に海軍の軍人達がよくたむろする店である。それも、上級士官達がよく訪れるので、初級士官や下士官、一般兵達はあまり寄りつかない。誰が決めたわけでもないが、何となく、士官《オフィサーズ》クラブのような立ち位置になってしまっているのであった。

そうなると、民間人もあまり寄りつかなくなってしまうが、艦隊基地がある軍港には上級士官の数が多いし、彼らは金払いがいい。そして彼らは酔っても暴れたり揉《も》め事を起こしたりすることがないため、この店のオーナーである老バーテンダーはそういう客層の店であることに満足していた。

それに、そういう状態になってから既に数十年は経っているので、今更の話であった。

落ち着いた雰囲気の、紳士達の社交場にして休息の場。

……そこに、異物が侵入した。

その異物は、とことこと歩いてカウンターチェアーに腰掛け、飲み物をオーダーした。

「ミックスジュース、シェイクで。ステアは却下。オリーブはふたつね」

「「「「何じゃ、そりゃあああああ!!」」」」

常連客達の間から、叫び声が響いた。

００７《ダブルオー・セブン》を読んでから、いつか言ってみたいと思っていた、この台詞。

しかし、ミディアム・ドライ・ウォッカ・マティーニであれば様になるその台詞も、ミックスジュースでは台無しであった……。

ひくひく、と顔を引き攣《つ》らせながらも、バーテンダーは無言のまま仕事をこなした。

この店でミックスジュースなどというものを注文されたのは初めてであるが、そういう概念がないわけではないため、カクテル用に用意してある果汁を、己の勘を頼りに味を想像しつつ適量をシェイカーに入れて混ぜ合わせる。お酒抜きのカクテルだと考えればいい。

2種類の果汁を混ぜれば『ミックスジュース』と言えるが、バーテンダーはより良い味と香りを狙って、3種類の果汁を混ぜた。そして、振《シェイクす》る。

振る。振る。振る。振る。振る振る振る振る振る振る振る振る振る振る！

モノがモノなので、容量の少ないカクテルグラスではなく、氷を入れたタンブラーグラスにシェイカーから注ぎ入れ、スッと無言でカウンターテーブルの上を滑らせてグラスを差し出すバーテンダー。

「お釣りは要らないわ」

グラスを受け取った『異物』は、そう言って、懐から取り出した硬貨を指でテーブルを滑らせるようにしてバーテンダーの前へと差し出した。

さすがに、常に沈着冷静なバーテンダーも、これには眼を剝いた。

差し出されたのは、金貨であった。感覚的には、日本における10万円相当の価値がある。

「キャプテン・ウェラルダルかよ！」

堪《たま》らず、つい、そう叫んでしまったバーテンダー。客に対して感情を露わにするなど、数年振りの失態であった。

「あら、それって、ティラドおじさまのこと？」

そして、平然とそう答える『異物』。

ティラド・ウェラルダル。

以前この街で軍艦の艦長を務め、戦隊指揮官になった後、王都へ栄転していった男である。

貴族であるが、名乗る時には、家名の前にそれを示す『ド』の文字を付けることはなかった。

『軍人としての自分を表すのに、余計な修飾語は不要』と言って……。

ウェラルダル大佐……今現在は少将であるが……は、なかなかの傑物であるが、唯一の弱点があった。それは、全くお酒が吞《の》めないこと、つまり『下戸』であるということである。

酒が吞める、吞めないなどというのは、体質や遺伝、体格、体調、病気などの様々な要因によるものであり、それが男らしさだとか付き合いだとかで強要されたり、馬鹿にされたりする理由となるようなことではない。吞めない者に飲酒を強要することは、毒を無理矢理飲ませることと同じであり、その結果を含めて、傷害罪や殺人未遂である。

……時には、『未遂』の文字がない、文字通りの『殺人』となることも多い。急性アルコール中毒とか、泥酔しての事故、吐瀉物《としゃぶつ》を喉に詰まらせての窒息《ちっそく》とかで……。

しかし、こういう時代の船乗りにとっては、男らしさ、イコール酒に強い、というイメージが強かった。それは、酒を吞む以外に自慢できたり他の者に勝てることがない気の毒な者達の、最後の心の支えなのであろうか……。

とにかく、『そういう業界』において、酒が吞めないウェラルダル大佐は考えたらしい。

他の者に馬鹿にされず、そして情報交換やネゴシエーションの場である酒場に堂々と出入りするには、どうすれば良いか、と。

そして実行したのが、『堂々とアルコールのない飲み物を注文する』、『注文は、酒を注文するが如く、恰好《かっこう》を付けて、殊更《ことさら》に拘《こだわ》り、通《つう》ぶって』、そして『お酒以上の大金を支払う』ということであった。

ウェラルダル大佐がこの店で初めて注文したのは、『ピュア・ミルク、ステアで。ライムは2

滴』だったそうである。そして、支払いは金貨1枚、釣りは無し。

先程の『異物』の注文と支払い方法は、この老齢のバーテンダーにあの男を思い起こさせるに充分であり、そして返された言葉が『ティラドおじさまのこと？』である。

「奴の関係者なのか？」

ここでは、客に敬語を使ったりはしない。客同士も、そして客とバーテンダーも皆平等であり、外界での職業や階級は、扉を開けて店に入った瞬間から店を出るまでの間は、何の関係もなくなる。

「娘や孫ってわけじゃないよ。単なる、この店の紹介者ってだけ。まぁ、他にもホーヴェアルさんとかアリスムスさんとか、ケレバクターさんとかからも紹介されたけど……」


ぶばっ！

げほごほ！


店内で、何やらせっかくのお酒を噴き出したり咽《む》せたりする音が続いた。

「海軍のビッグネームばかりじゃないか……。何者だ、嬢ちゃん？」

『異物』は、歓喜した。

（ま、まさか、いつか言ってみたい台詞シリーズの中の、アレを言える日がやってくるなんて！）

そして歓喜に震えつつ放つ、あの名台詞！

「ある時は彫刻家。またある時は商店主。そしてある時は貴族の娘。しかして、その実体は！　海軍とおじさま好きの女の子、ミツハさッッ!!」

「お……、おぅ……」

＊　＊

そういうわけで、摑《つか》みは上々。

私はお客さん達の間に割り込んで、色々と質問責めにした。

自分達の同僚や上官達の知人であり、海軍大好きっ子である少女、それも、自分の孫娘と同じくらいの年齢の少女を、無下に扱う者はいない。

多分、少女がこんなところにひとりで乗り込んできたことを面白がって、いい玩具がやってきた、というような感じなのであろう。

それに、さっきの私の自己紹介、というか、名乗りの内容から、当然私は貴族の娘だと思われているはず。……というか、ジュース1杯に金貨1枚出す平民の小娘はいない。

ならば、私の両親のことや、私が将来的にどこかの貴族の妻になるであろうことを考えれば、海軍シンパの貴族の少女は海軍にとって大事にすべき宝のはず。

……まぁ、元々海軍派閥の貴族の娘、と思っているであろう確率が高いけどね。

なので、ちょいとばかし陸軍を扱《こ》き下《お》ろしてから海軍をベタ褒めしてあげると、調子に乗ってパカパカとグラスを空けて酔いが廻ったのも手伝ってか、口が軽くなって、もう喋る喋る！　よく囀《さえず》るのう、この小鳥は……、ってなもんである。

「今は、調査船団とかは出てるんですか？」

「そういうのって、何年に1回くらい出るものなんですか？」

「やっぱり、見つけた大陸は占領して我が国の領土に、そして住民は全部奴隷にするんですか？」

そう、王都の社交界では他国の貴族の娘としては聞きづらいこと、いきなりそんなことを聞くのは不自然なこと等を、聞きまくり！

何でも聞きたい、好奇心旺盛な海軍贔屓《かいぐんびいき》の小娘の質問に、何でも答えてくれるおじいちゃん達。

さすがに軍事機密や政治的なことはアレだろうけど、私が知りたいのはそういう方面じゃない。近隣諸国との政治の話とかが聞きたいわけじゃないんだ、私は。だから、問題ない。

……そういう話は、王都での活動で情報を収集するからね。

その後、『シングルミルク、ロックで』とか、『オレンジジュース、ストレートで、ツーフィンガー』とか色々注文して、その度に金貨を渡した。恰好をつけて指でピィンと弾いたらどこかへ飛んで行ってしまい、みんなで捜してくれたり……。

いや、結構コツが要るんだよ、ああいうのは……。

そして適当な時間に、引き揚げ。さすがに、深夜になるであろう閉店時間まで居座るわけにはいかない。

もう帰る、と言ったら、バーテンダーさんが最初の1枚以外の金貨全部と、小金貨9枚を返してくれた。

さすがに、ソフトドリンク数杯で小娘に金貨数枚を払わせた、とかいうのは一生の黒歴史になるから勘弁してくれ、と言われては、受け取るしかあるまい。

「では、今日は色々とありがとうございました！　とっても楽しかったです！　……あ、そうだ！」

忘れるところだった。

色々と話が聞けた場合、お礼と、以後に備えて私に好印象を抱いてもらうためにと、お土産を用意していたんだった。

勿論、高価な品とかを渡そうとしても受け取ってもらえるとは思えないし、こういうことへのお礼に金目《かねめ》の物を贈るなんていうのは、スマートじゃない。こういう時のお礼は、これに決まってる。

そう、酒飲みには、お酒だよ！

「持ち込み料払うから、見逃してね」

ちゃんとバーテンダーさんにそう断ってから、バッグから1本の酒瓶を取りだした。

……ひとり1本なんて、やってられない。持ちきれないし。なので、1本から、試飲としてみんなのグラスに少しずつ注ぐのである。

「うちの方のお酒なんだけど、試飲してみてもらえない？」

いつの間にか、丁寧語はやめてタメ口になっちゃってるけど、まぁいいや。小娘相手に怒るような人はいないよ、多分。

蓋を開けて注いで廻ろうとしたら、バーテンダーさんが人数分の新しいグラスを出してくれた。

「持ち込み料は要らないから、俺にも試飲させてくれ」

うん、大歓迎！

そして皆は、配られたグラスを手に持ち、灯りにかざして色を確かめ、グラスを回してから香りを楽しみ、そして口に含み、数秒後に喉に流し込む。

「「「「「なっ…………」」」」」

ふふふ、驚いたか！

これぞ我が祖国の誇り、白州《はくしゅう》のシングルモルト、12年物である！

予算の関係で、18年物と25年物はパス！

よし、この様子だと、どうやら感想を聞くまでもないな。これで、私に対する好印象は確実に植え付けられたに違いない。次回もいい情報をお願いね！

「それじゃ、また！」

そう言って、みんなが反応する前にお店を出た。

後ろから何か声を掛けられたみたいだけど、酔っ払いはスルー。

「おい！」

「「「「了解!!」」」」

こんな時間に、少女ひとりで夜道を歩かせるわけにはいかない。それも、貴族の娘で、可愛く、しかも海軍に好意的な少女をだ。

すぐに数人が、少女を家まで送り届けるべく店から飛び出した。

他の者達は、グラスの酒をちびちびと、少しずつ味わっていた。一度に飲んでしまうなどという勿体《もったい》ないことができるはずがない。

時間をかけて、ゆっくりと味わっていると、先程出ていった男達が戻ってきた。

「なっ……。お前達、あの娘はどうした！　なぜ送り届けず戻ってきた！」

居残り組の男達が、思わず椅子から立ち上がって怒鳴りつけた。

こんな時間に少女がひとりで夜道を歩くなど、紳士として見過ごせるはずがない。なので行かせた護衛役が、ぬけぬけと戻ってきたのだから、当然である。まだ少女が店を出てから数分であり、家まで送り届けた後とは到底思えない。

「そ、それが、俺達が店を出た時、丁度あの子が右側の最初の路地に入ったから、急いで後を追ったんだが、俺達が路地に入ると、もう姿がなかったんだ。慌てて走り、全ての分岐先を調べて廻ったけれど、見つからなかった。

攫《さら》われたにしても、いくら子供とはいえ少女を抱えてそんなに速く走り去ることは不可能だし、馬車どころか、他の人影も、子供を隠せそうな木箱も何もない。

そもそも、俺達が駆け付けるのにかかった時間が、どれくらいだと思っているんだ！　たかだか数秒程度だぞ！　長くても、10秒はかかっていない。そんな短時間で、引き摺《ず》り込む馬車も出入り口もない場所で、あの年齢の者を声も立てさせずに誘拐できると思うか？」

「「「「「…………」」」」」

どうしようもない。

誘拐されたと決まったわけではないし、状況的に、それが可能であったとはとても思えない。

ファーストネームしか聞いていない、身元の分からない少女。

『店から出た初対面の少女を複数の男達が追いかけたら、姿を見失いました』

そう届けを出せば、警備隊はすぐに動いてくれるだろう。……少女の後をつけようとした怪しい男達を取り調べる、という方向で。

「……駄目だ、どうしようもない……」

しかし、皆、実はそう本気で心配しているわけではない。

色々な話をした中で、少女が全くの世間知らずの馬鹿ではないこと、港町の治安状況についてもある程度の認識はあるらしいこと、そして結構図太いらしきことは分かっている。そして、店を出てから姿を消すまでの時間の、あまりの短さ。これは、事件に巻き込まれたと考えるより、前もって安全な帰宅手段を準備していた、と考える方が遥かに論理的であった。

そして、皆の心中を代弁するかのような言葉が呟《つぶや》かれた。

「……何者だよ、あの娘……」

そして、皆は無言で、ちびちびと酒を味わうのであった。

信じられないほど芳醇《ほうじゅん》な香りの、試飲として提供されたその酒を。

勿論、バーテンダーもそのうちのひとりであった……。

第五十二章　誘　拐

新大陸での情報収集も、一段落。

いや、そんなに毎日諜報《ちょうほう》活動ばかりやってられないよ。パーティーやらソフトドリンク飲み放題やらを続けていると、お腹の肉ががが！

『心の贅肉《ぜいにく》』は、あってもいい。但し『お腹の贅肉』、てめーはダメだ！

と、まぁ、そういうわけで、今日は久し振りにコレットちゃんとサビーネちゃんを連れて、地球の観光旅行へと。

いや、最近、新大陸やら新しいお店やらで忙しくてあんまり構ってあげなかったから、御機嫌斜めだったんだよねぇ、ふたりとも……。少しは御機嫌取りをしておかなくちゃ。

そういうわけで、やってきました、ここ、『ウルフファング』の本拠地。

……いや、たまには顔を出さなきゃね。

「隊長さん、何か変わったことは？」

「来たか……。いや、特にないな。だが、メールが溜《た》まっているから、処理していけ。急ぎや重要なのはない」

「は〜い……」

うん、以前は普通の手紙も来ていたけど、面倒だから、電子メールだけにして貰《もら》ったんだ。その方が、返事を出すのが楽ちんだからね。整理や検索するのも。

私のメールアカウントは隊長さんに管理して貰っていて、届いたメールも読んで貰ってる。重要、かつ急ぎのやつがあるかも知れないからね。そして、受信確認の返事だけ出して貰って、内容に関する返事は、後で私が自分で出している。

サビーネちゃんとコレットちゃんを少し待たせることになっちゃうけど、移動に時間がかからないから、少しくらいは大丈夫。さっさと片付けるか……。

大半は、パーティーやイベントのお誘い。しばらく来ていなかったから、中には期日が過ぎてるのもあり、それらには辞退やらお詫《わ》びの返事。あちらの世界のものを研究してくれているところからは、定期報告。了解と、励ましの返事。

あ、『異世界懇談会《イセコン》』にこっそり記録機器を持ち込もうとしたから排除した国から、お詫びとメンバー復帰願いが来てる。追い払う、千載一遇《せんざいいちぐう》の機会だったんだ。誰が復帰させるか！

あとは、ちょちょいと返事して、と……。

「では、出発！」

まずは、このベースの最寄りの街の、例のスイーツ専門店へ！

最近は、サビーネちゃんとコレットちゃんを連れてきた時には、最初にあそこへ行くのが恒例になっている。アレだ、おじさん達が言うところの、『とりあえず、生！』というのと同じ。『とりあえず、スイーツ！』ってとこだよ。

そして、既に転移に適した場所も選定してある。いつも人気《ひとけ》がなくて、安全なところ。

まぁ、もし万一誰かがいたら、そのまま連続転移で姿を消せば済むことだ。多分、見間違いか幽霊でも見たことになって、噂《うわさ》にもならずに終わるだろう。

……で、そういうことにもならず、無事、スイーツ専門店へ。

「メロンのスウィートパフェとストロベリーショート！」

「バナナチョコサンデーとジャンボパフェ！」

「アイスクリームの三種盛りとフルーツパフェ！」

「「「とりあえず、最初はそれで！」」」

大量注文は、いつものことである。既に常連となった私達3人の注文に、今更驚くようなウェイトレスはいない。

出てきた順に食べまくり、追加に次ぐ追加。

そしてやってくる、アレ。

「「「うっ……」」」

ぐぎゅるるる～……

いや、決して学習効果がないというわけではない！

アレだ、アレ！

古代ローマの貴族達が、食べた端から口に指を突っ込んだりクジャクの羽で喉の奥を突《つつ》いたりして吐いて、延々と食べ続けるというやつ！　……私達は、出すのは下からだけどねっ！

いや、便秘に効く……、って、それは置いといて！

「私、先発！」

うん、この店のお手洗いには、個室がふたつある。そして今、他のお客さんがひとり行ったから、残るはあとひとつ。まずは、私から。


「次、どうぞ～。ふたつとも空いてるよ」

私がお手洗いから戻り、そう言うと、今度はサビーネちゃんとコレットちゃんが出撃。

そして私がのんびりと今日の予定を考えていると、出入り口の方で、ガラスか陶器が壊れるような、大きな音がした。そして……。

「キャアアア、人攫《ひとさら》いいぃ～～!!」

反射的に席を立ち、出入り口目掛けて猛ダッシュ！

この店のお手洗いは、入り口を入ってすぐ、会計台《レジカウンター》の手前で右に曲がり、少し奥まったところにある。つまり、店内の客席からはお手洗いから出入り口までの間は見えず、会計台にいる店員さんから出入り口の部分が見えるだけだ。

そして悲鳴は会計台の店員さんのものであり、成人女性をこんなところで力尽くで攫おうなどと考える者はいないだろうし、今、ここでないと誘拐のチャンスが得られない相手で、そしてサビーネちゃんとコレットちゃんがお手洗いに……。

それらのことを考えている間にも、身体は自動的に出入り口の方へ。

そして自動ドアが開くのももどかしく、外へと飛び出した。飛び出す前にちらりと見えたのは、床で砕けた陶器の破片。

多分、置物か何かが落ちるか倒れるかしたのだろう。暴れる誰かの手足が当たって。それで、店員さんがそちらを見て、犯行に気付いたのだろう。

クロロホルムを数滴染み込ませたハンカチで一瞬のうちに意識を、などというのは物語の中だけの話で、クロロホルムにはそんな即効性はないし、かなりの毒性もある。だから、子供相手ならば口に布を突っ込んで声が出せないようにして、身体を抱え込んで力尽くで、というのが最も安全で手っ取り早い方法なんだろう……、とか考えているうちに、身体は自動的に外へと飛び出し、直角に曲がって駐車場の方へ。

ここで誘拐するのに、クルマを使わないはずが……、って、いた！

サビーネちゃんとコレットちゃんを抱えたそれぞれふたりずつと、それを手伝っているもうひとりの、計５人の女性と、クルマの後部座席からサビーネちゃんを引きずり込もうとしている男性。

ここからは見えないけれど、多分運転席にも乗っているんだろうな。

暴れるサビーネちゃんに、なかなか苦戦しているようだけど、多勢に無勢、手足を押さえつけられて、サビーネちゃんが無理矢理押し込まれた。それに続いて、コレットちゃんも。

私は、慌てず、立ち止まってそれを眺めていた。

……視界に入ったなら、もう心配することはない。あくまでもこれは『誘拐』なのであって、犯人達にはふたりを傷付ける意図は全くないだろうから。たとえふたりが顔を引っ搔《か》こうが嚙《か》みつこうが、多分傷ひとつ付けないように強く命令されていることだろう。

なので、逃げられる心配がないように、もう少し待てばいい。

何とかふたりを後部座席に押し込んだ犯人達は、女性のうちひとりがそのあとから後部座席へ、そしてもうひとりが助手席へと乗り込んだ。あとの3人は、となりに駐めてあるクルマの助手席と後部座席へ。

まぁ、定員オーバーだから、もう一台用意しておくよねぇ。

万一の時は、追跡するクルマを妨害したりする役目もあるのかも。多分、数人の犠牲を出してでも、誘拐の成功の方を重視しているだろうからね。

……で、どうして私がこんなにのんびりしているかというと……。


ガクン！

ぶおおおおぉん！


思い切り吹き上がったエンジン音と、微動だにしない2台のクルマ。

動くはずがない。その2台のクルマには、タイヤが付いていないのだから。……1本も。

発進寸前のクルマのタイヤを、全部転移で領地邸の庭へ運んだのだ、さっき。

タイヤを失ったクルマはガクンと数十センチ分落下したけれど、ドライバーはそのままアクセルを踏み込んだために、盛大な空吹かしとなったわけだ。そして、それに続いて……。

「あ、姉様！」

「ミツハ！」

再び連続転移で、サビーネちゃんとコレットちゃんを伴って、向こう、こっちと往復した。

うん、これがあるから、私の視界内にさえいれば、そして直近に危険が差し迫っているのでなければ、あまり心配はないんだよね。

だから、もし相手が錯乱した粗暴犯とかなら、私はもっと慌てて、すぐにふたりを救出してた。

今回は、犯人達がそういうタイプではなく、そして完全に視界内に捉えられていたから、いいタイミングになるのを待つだけの余裕があったんだ。もしそうじゃなければ、多分私は逆上してた。

一番怖かったのは、私がふたりを見つける前に逃げられて、サビーネちゃんとコレットちゃんを助けられないまま完全に見失うことだったから、店の入り口脇であの陶器を壊してくれたことが、大手柄となったわけだ。

……弁償は、私達にではなく、犯人側に請求してくれるよね？

そして、ポケットから携帯を取り出して、とある番号に連絡。

そう、この国で何か面倒事に巻き込まれた時にはすぐにここに連絡してくれ、といって、国の偉い人から教えられていた番号だ。多分、黒っぽい服を着た、怖いおじさん達が駆け付けてくれるんだろうな。

……とか思っていたら、僅か2～3分で来たよ、クルマ4台で、大勢が。まだ、慌てて店から出てきた店員さんや、他のお客さん達との話もろくに進んでいないのに……。

聞いてみたら、この街に前進待機所があって、更にそこから交代でウルフファングのベース横に車内待機の者が派出されているらしい。

勿論《もちろん》、私達がたまに出没するから、この街の待機所でも、いつでも緊急出動できる態勢なんだとか。そして今回は、大事《おおごと》なので仮眠中の者も叩《たた》き起こしての全力出撃だとか……。

……御苦労様です。

で、誘拐犯達がなぜクルマを捨てて逃げ出していないかというと、最初にタイヤを転送した時に、一緒に持っていったせいだ。ドアを開けるために必要な、ドアの内部に組み込まれているパーツを。

あのパーツが無いと、取っ手を引いてもラッチが外れないから、ドアが開かない。

ついでに窓を開けるための部品や、車内にあった通信機も、銃器も、刃物も、暗器の類いも、全部。更に、自決用と覚しき毒物も一緒に転送しておいた。多分、本人達もそこまではまだ気付いていないだろうけどね。

武器が全て消え失せていることに気付いたのか、少し呆然《ぼうぜん》としていた誘拐犯達は、抵抗の素振りもなく、おとなしく捕縛されている。何か、気が抜けたみたいな感じなのは、もしかすると、自決しようとして瓶の中身を飲み干そうとしたら、中身がからっぽだったために一気に気が抜けた、とかかな？

必死の決心で自決しようとしたら、外れ。

うん、そりゃ、心が折れて、呆《ほう》けるわ……。

あ、クルマのドアは、さっきラッチ部分そのものを転送したから、黒服の人達が外側から開けようとしたら、簡単に開いたよ。僅か1ミリ秒で転送したから、私の姿が一瞬ブレた程度で、もし見られていたとしても、自分の眼のちらつき程度にしか思われていないだろう。

あ、もう1回転移して、武器とかをクルマの中に戻しておかなくちゃ。

罪が軽くならないように、ちゃんと武装誘拐団だという証拠を残しておかなくちゃね。


そして黒服の人達に、誘拐の瞬間の目撃者である店員さんと一緒に簡単な説明をした後、解散。

犯人達は拘束されて、4台のクルマに分乗させられて引き取られていった。多分、この国の諜報組織の地下取調室あたりに連れて行かれるのだろう。

黒服の人に壊れた陶器の弁償を押し付けようとしたら、所掌《しょしょう》外なので自分のところでは予算が、とか言って逃げられた。くそ。

仕方なく自腹で弁償しようとしたら、店長さんが、あれは量産品の安物だから構わない、少女の誘拐を阻止するために壊れたのならあの置物も本望だっただろうし、と言ってくれた。

まぁ、誘拐事件の被害者側が弁償するのも、考えてみれば少しおかしいか。

確かに、被害者に弁償させたなんて話が広まったら、お店の方の立場が悪くなる可能性もある。

いやぁ、まだまだ考えが浅いなぁ、私……。

そして、とりあえず店内に戻って、食べた物の代金の支払いと、他のお客さん達への謝罪をしなきゃね。騒がせちゃったし、アイスクリームとかを食べてた人は、見物に出てきている間に溶けちゃったかも……、って、それは自業自得か。自己責任だから、私達が弁償しなくていいよね？

＊　　　＊

「……で、どういう状況だったの？」

ふたりに怪我がないこと、精神的にヤバい状況ではないことを確認したあと、落ち着いて話ができる場所へと転移した。……ヤマノ子爵家日本邸へ。

そしてお茶を淹《い》れて、茶菓子として煎餅《せんべい》を出して、万端の準備を整えてから、状況の確認を。

「お手洗いを済ませて個室から出て、手を洗ってコレットを待ってたの。そしてコレットが終わって出てきた時、女の人が何人か入ってきて……」

うん、男の人が入ってきたら、大問題だね。……いくら女性でも、誘拐犯だと大問題なのは変わらないけど。

「いきなり女の人が私とコレットをうしろから羽交《はが》い締めにして、口に布を押し込んでから抱え込んで、身体を低くして会計台の方から見つかりにくくしてお手洗いから真っ直ぐ店の出入り口の方へ……」

「ええっ！」

今、サビーネちゃんの話の中に、とんでもない重大情報があった！

私は、慌ててコレットちゃんの右手首を摑《つか》んだ。しっかりと煎餅を握った、その右手の手首を。

「……手を洗ってきなさい！」

そう、今の話だと、コレットちゃんはお手洗いを済ませた後、まだ手を洗っていない！『お手洗い』にも拘わらず!!

そして、コレットちゃんが手を洗って戻るまで、暫《しば》しの中断。


「……そして、何とかみんなに知らせようと、無理に暴れずにおとなしくしていて、店の出入り口の側にあった置物の横を通る時に、思い切り暴れて蹴り飛ばしたの」

おお、やはり！

しかし、それはコレットちゃんの仕業だと思っていたよ。まさかサビーネちゃんだったとは……。

「そして私は、必死で顔を引っ掻いたり頭を相手の身体に打ち付けたりしたのに、あの人達、顔は顰《しか》めていたけど、ひと言も声を立てないの。かなり痛かったはずなのに、我慢強い人達だよねぇ……」

コレットちゃんから、補足説明。

まぁ、仕事が仕事なんだから、それくらいは我慢するだろう。何せ、自分の国の威信だとか、自分の命とかが懸かっているんだろうからね。

そして、ま、あとは私も知っている通りか……。

でも、良かった。本当に良かった。

ふたりに怪我がなくて。そしてふたりにＰＴＳＤとかの様子がなくて。あの時、完全に攫われる前に私が間に合って。良かった……。

しかし、それは結果論だ。

結果的に無事だったからといって、アレがなかったことにはならない。

いくら未遂に終わったとはいえ、営利誘拐の罪は重い。

そして、我がヤマノ子爵家に喧嘩《けんか》を売ったことの意味を教えてやろう。

ヤマノ一族の怒りを見よ！

＊　　＊

「……というわけで、売られた喧嘩を買うことにしたから、よろしくね！」

「いや、よろしくね、と言われても……」

困ったような顔の隊長さんをスルーして、私は一方的に要望事項を伝えた。

「とりあえず、この国の偉い人に頼んで、犯人達に会わせて貰うつもり。その後、おかしなことを企んだ国には後悔してもらうことになるから、そのための根回しの手伝い、お願いね！」

「おいおい……。まぁ、今回の件に関しちゃあ、俺達にも責任があるからなぁ。仕方ねぇか……」

え？　どういうこと？

「責任、って？」

私の問いに、隊長さんが頭を掻きながら答えてくれた。

「いや、今聞いた話で、お前達が襲われた理由……じゃねぇな、『やり方』が、よぅく判った。ごく初歩的なことだ。『行動のパターン化』だよ」

「パターン化？　何それ？」

「お前達が、毎回同じ行動をしている、ってことだよ。いつもここに来るとメールの返事を送るから、それを受けた者達には、『あ、姫様が来たな』って分かるわけだ。

そしてお前達がここに来ればスイーツ店に行くこと、行けば必ず暴飲暴食してお腹を壊して交替でトイレに行く、ってのは、何度か張り込んでいればすぐに分かるだろう。

相手の行動パターンが毎回同じで、そのパターンが分かったなら、一番いいタイミングで襲うのなんか簡単だろうが……」

「あ……」

馬鹿だ、私！　そんなの、ボディガードの基本中の基本じゃん、警護対象に決まった行動を取らせない、なんていうのは！

まさかあれ程脅かして警告していたのに実力行使に出る者がいるとは思いもしていなかったから、油断した！　それも、下手をすればサビーネちゃんとコレットちゃんの命に関わったかもしれない、大失態だ！　うあああああ……。

それに、どうして防犯ベルやGPS発信機を持たせておかなかったかなぁ……。すぐに用意しなきゃ……。

「お前は素人だからな。そのあたりは、当然俺達がちゃんと教えておくべきだった。すまん、俺達のミスだ……」

隊長さんが殊勝な顔でそう言うけれど、これは、どう考えても私のせいだ。くそぅ……。

よし、すぐに例の番号に電話して、と……。

＊　　＊

「こんにちは、ナノハです」

「…………」

偽名を名乗る私の目の前には、手錠を掛けられて、檻《おり》に入れられたひとりの女性。

そう、誘拐犯のうちのひとりだ。

口裏合わせをされないよう、全員、バラバラに収容してあるらしい。ま、訊問《じんもん》の関係もあるんだろうけどね、『他の奴らはもう全部喋《しゃべ》ったぞ』とかいうの。

勿論、ここは刑務所とかじゃない。もっと『ダークなところ』。

「どこの国の方ですか？」

私が話し掛けている言葉は、英語である。スパイなら、自国の言葉の他に、英語と侵入する国の言葉くらいはマスターしているだろうから。

以前の私じゃ、絶対にスパイにはなれなかったね、うん！

……いや、なる気はなかったけどね。

しかし今の私は、どこの国の言葉でもペラペラで、神出鬼没、何でも盗める、凄腕のエージェントだ。

…………いや、ならないけどね！

で、女性からの返事はないけれど、既に用件は終わった。

『すんだらば、はよーつぐのーて、えー男の嫁にでもなって、幸せになりんしゃい！』

『え……』

私が帰り際に掛けた言葉に、眼を剝いて凍り付く女性。

うん、今の言葉は、さっき私が取得した、あの女性の出身地の方言だ。

女性が習得していた言語と、あきらかに出身地のものと思われる方言。これで、この女性の出身国はほぼ確実に把握できた。勿論、念の為に他の誘拐犯達とも面会するけどね。

私は、細かいことを訊問する気はないし、その必要もない。ただ、相手がはっきりと判れば、それでいい。

……そう、反撃する相手が判れば、ね。

＊　　＊

「隊長さん、相手国が判ったから、情報収集お願いね。情報部の本拠地、情報部や政府の偉い人達の自宅、別荘、その他諸々……」

「無茶言うな！　そんなの、それこそ大国かその国の敵対国の情報部くらいしか……」

「そこに聞けばいいじゃない」

「え？」

ぽかんとしている隊長さんに、説明してあげた。

「そんなの、他国の一介の傭兵団《ようへいだん》に分かるわけないでしょ。だから、知ってる人に聞けばいいじゃない。『傭兵団、ウルフファング』としてではなく、『異世界《イセ》からの訪問者、ナノハ王女の代理人』として聞けば、教えてくれると思うよ。接触する窓口は、異世界懇《コン》談会の参加国リストの連絡先でいいでしょ？

何なら、う〜ん、そうだなぁ、いい情報をくれたら、お礼として、地球の図鑑に載っていない海藻類と海洋生物のサンプルをひとつずつ渡してもいい、って言っていいよ」

そう言ったら、隊長さん、何だか呆《あき》れたような顔に。

「……お前、抜けてるのか悪知恵が働くのか、どっちだよ！　失礼だよ、隊長さん！

＊　＊

「何だと！　作戦が失敗しただと！　では、分析班の出した結論が間違っていて、本当にあの子供達が『即死魔法』とやらの使い手だったというのか！

あれは、あのふたりに手出しさせないためのブラフであり、それは即《すなわ》ち、危険を自分ひとりに集めてでも護《まも》らねばならない人物である、という結論に、あれだけ自信たっぷりだったではないか！

それを信じて、作戦の許可を出したのだぞ。

……まぁ、本当にあの子供達に魔法が使えてエージェント達が死んでも、身元は絶対に判らないようになってはいるが……。殺されようが、捕らえられて自決しようが、な。家族や一族郎党に累が及ぶことが分かっているのだ、国を裏切って自白するようなことは決してあるまい。

……で、どういう状況だったのだ？」

部下から作戦失敗の報告を受けた、今回の作戦の責任者らしき男は、事の次第を確認した。

情報元は、作戦には一切関わらず、駐車場の他のクルマの車内から、そして普通の客として店内から全てを見ていた複数の観測員からの直接の報告であるから、信頼度に問題はない。

「……ふむ、では、やはり子供ふたりは即死魔法とやらを使った形跡はない、ということか。その点においては、分析班は正しかったということか……。

で、いつの間にか助け出されていたふたりの子供と、タイヤがなくなったクルマに閉じ込められたエージェント達、というわけか。そして、自決もせずに連れていかれた、と……」

その時点で自決してもおかしくはないが、別に無理にそうする必要もない。何も喋りさえしなければ、時間を稼いで逃亡の機会を待つ、というのは別に悪手《あくしゅ》ではないのだから。

どうしても脱出が不可能であり、拷問に耐えきれなくなったなら、その時点で自決すれば済む話である。毒薬を取り上げられていようと、舌を噛む、頭を壁に強く打ち付ける、何かの破片で動脈を切る等、自決の手段など、いくらでもあるのだから。

「何、一度失敗しただけだ。我が国が関与したことを示す証拠もないし、万一捕まった連中が口を割ったとしても、でっち上げの陰謀だ、他国のエージェントが罪を我が国に擦《なす》り付けるために嘘《うそ》を吐《つ》いている、とか言い張れば済むことだ。そして、次に成功すればいい。

絶対にあの王女を手に入れて、異世界の富を手に入れるのだ！　何、1個中隊程の軍を運ばせれば、どうとでもなる。倉庫に眠っている、時代遅れの旧式武器を金や宝石と交換で売り捌《さば》いてもいいしな。

生命力が削られるだと？　ふん、我が国を交渉の席から排除したりするからだ、せいぜい我が国のために命を磨り減らすがよい！

さぁ、さっさと次の計画を立案しろ！」

そして、部下達は一斉に部屋から出ていった。

＊　　　＊

「……ここが、情報局の建物か……」

深夜、ある場所に転移した私の前には、8階建てのビルが建っていた。

……某国の、諜報部門のビルである。『諜報部門』では聞こえが悪いので、『情報部門』と言われているが。

転移は、ある国から提供された写真資料と、衛星写真、緯度経度による数値情報等を基にしての『初めての場所への転移法』で行《おこな》った。

いや、地球上だと、これができるから便利なんだよね。

航空偵察を行ったから、今では新大陸もある程度の広さはカバーできたけど、大陸全体から見れば、ほんの一部だ。高々、数ヵ国の上空を少し飛んだに過ぎない。

そして失敗したのが、あの時、旧大陸の上空も少し飛んでもらえば良かったなぁ、ということだ。

ホント、失敗した……。

今度、また航空偵察を行うべきかな。旧大陸と新大陸の、それぞれで。

新大陸も、今度は転移で直接新大陸上空に行けるから、燃料が保《も》つ限り、丸々新大陸の偵察飛行に充《あ》てられる。

……って、いかんいかん、今はそんなことを考えている時じゃない。さっさと仕事を終わらせなきゃ。

ビルは、深夜にも拘わらず、多くの窓に明かりがついている。残業が多いのか、24時間営業なのか……。

でも、そんなの構わず、お仕事開始！

「転移！」

8階にいる人間を全員連れて、転移。行き先は、むこうの世界の無人島。そして私だけすぐに戻る。

「転移！」

次は、7階の人間を全員連れて転移。私だけ戻る。

「転移！」

そして、6階、5階、4階と続き、地下3階まで実施。深夜なのに、そこそこの人数がいた。

……なぜそんな面倒なことをするか？

だって、全員を一度に転移させたら、上の階の者が落下して死んじゃうかもしれないでしょ。

そして最後に、無人となったビルを伴ってヤマノ領に転移。予《あらかじ》め転移でビルの大きさに合わせて地面を掘っておいたので、地下部分がすっぽりと嵌《は》まって、丁度いい感じ。

……いや、勿論、少し深さがズレて、1階入り口がかなり高い位置になっちゃったけど、大したことじゃない。ずっとここに置いておくわけじゃないし、勿論、住居として使うつもりもないから。

下にコンクリートパイルも打っていないし、水も電気も通っていないのに、こんな建物使えやしないよ。中は暗いし、お手洗いは使えないし、勿論エレベーターも動かない。

じゃあ、なぜ運んだか？

そりゃ、中に色々とあるからね。

秘密の文書、色々なデータがはいったパソコン端末、そしてサーバー。地下室あたりには、隠し金庫とかがあったりして……。

で、それらをそっくり戴いて、パソコンやサーバー、書類等は、ある国に売ってあげる。今回の協力の、報酬の一部として。金目の物は、勿論、うちのもの。

あ、続きをやらなくちゃ。

無人島で大混乱の、8階部分から地下3階部分までにいた人達を、もとの場所へと転移。地下室部分が消えて、大きく抉《えぐ》れた巨大な穴の底に。

ああいう職場は、携帯電話とかは入り口で預けるものだし、もし身に着けていたとしても、転移の時に除外している。なので、この事態が上の方に伝わるには、少し時間がかかるだろう。

よし、今日のところは、この辺で勘弁しといたろか！

＊　　＊

「何だと、情報部が消えただと！　何があった、落ち着いてちゃんと報告せんか！　火事か、爆破されたのか！　どこの国の仕業だ‼」

翌朝、起きてすぐの、血相を変えた部下からの報告に、激昂《げっこう》してそう叫ぶこの国の指導者。

「そ、それが、文字通り、建物ごと消滅しました！　この世界から……」

深い意味があって言ったわけではない、『この世界から』という言葉であるが、それがまさに正解であるなどとは、この報告者は思ってもいなかった。

「何！　で、建物にいた者達はどうした！」

そう叫ぶ指導者であるが、別に情報部の者達のことを心配しているわけではない。目撃者による情報が得られるかどうかが気になっているだけであった。

「はい、御安心下さい、人的被害は皆無です！」

「で、そいつらは何と言っている！　いったい何が起こったのだ！」

部下のことを心配して下さっている、と感動している様子の報告者の勘違いは無視して、先を急《せ》かす指導者。

「それが、夜間勤務をしていると、突然砂浜にいた、としか……。

最初に8階で勤務していた者達、次に7階、6階と進み、ほんの数十秒のうちに全員がそこに現れ、そしてその直後、今度は深くて広い穴の底に、と……。携帯電話等もなく、外部に連絡するのにかなりの時間を要したようです。

で、その『穴の底』というのが、情報部の建物が消失した跡の、地下部分だったそうです。切断された水道管、下水管、ガス管その他のために、大変なことになっていたようですが……」

「なん……だと……」

指導者には、そんな荒唐無稽なことができる手段など、たったひとつしか思い浮かばなかった。

「まさか、あの小娘が！　いや、そんな……」


そして、全国規模の情報管制を敷いたその翌日。

国防省の建物が消失した。

その跡地に、呆然とした多くの文官や武官達を残して。

更にその翌日には、政府高官の自宅が、別荘が、次々と消失。その隠し金庫と共に……。

続いて、政治家と癒着していた財界人の家が、会社が、隠し倉庫が……。

首都の大広場にある偉人像が消え、代わりにおどろおどろしい化け物の石像になっていたあたりで、情報管制も限界を超えて破綻した。

＊　＊

「……王女殿下に取り次いでくれ！　何か、大きな誤解があるようなので、是非それについて御説明し、誤解を解きたい！」

某国の大臣から電話連絡を受けたウルフファングの隊長の対応は、冷たかった。

「電話、郵便物等による接触は一切禁止、指定した電子メール以外の手段で接触してきた国とは一切の連絡を絶つ、とお知らせしておいたはずですが？」

「そ、そんなことを言っている場合ではないのだ！　それに、これは交渉のための連絡ではない、王女殿下が誤解のため間違った行動を取られているということをお知らせするための、忠告のための連絡である！」

しかし、隊長は取り合わなかった。

「王女殿下は、何やら『宣戦布告もない奇襲攻撃を受けたため、直ちに応戦します。我が領が反撃することは、国王陛下の御了承を戴いています』とか言ってましたなぁ。相手国が降伏するまで、ここには顔を出さないかも、とかで……」

「なっ……。で、では、王女殿下への連絡手段は……」

「ありませんな、ここへ顔を出すまでは」

「では、交渉も何も……、そもそも、降伏すらできぬではないか！」

ここで隊長は、ミツハがよく使う言い回しを拝借した。

「知らんがな……。では、事前警告通り、貴国からの一切の連絡はカットします。御健闘を！」

そう言って、隊長は電話を切った。

そして即座に、電話機に先程の番号からの電話の拒否設定を行い、パソコンにもメール拒否の設定を行った。どうせ他の電話や別のアドレスを使うであろうが、こちらの意思を示すことができるし、それらの番号やアドレスも、拒否するか無視すれば済むことであった。

そして、隊長は独り言を呟《つぶや》いた。

「えげつないな、嬢ちゃん……。そして、容赦がなさ過ぎだよ……」

「……困ったなぁ。どうしよう……」

両腕を組んで考え込むミツハの前には、豪邸、倉庫、ビル等の、様々な建物があった。

「粗大ゴミにすると、量が多すぎて大変だしなぁ。全部終わったら、返却するか……。

いやいや、それはマズいだろう！　大規模な転送は生命力が、という触れ込みなのに、攻撃のためならばともかく、返却如きに同等の生命力を無駄遣いするはずがないよなぁ……。

よし、調度品は売り払い、建物はバラして資材として使うか！　丁度、大きな倉庫を新設したかったし……。で、ビルの方は……」

そう、豪邸の方は、そのまま使うのはアレであるが、バラせば使い道がある。しかしビルの方は、地下の岩盤まで届くコンクリートパイルが打ち込んであるわけでもないのに、そのまま使うには不安があり過ぎる。

それに、電気や水道、エレベーター等の存在を前提とした建物なので、使い勝手が良くない。それに、バラすのも大変だし、その瓦礫《がれき》を活用する使い途《みち》もない。

「よし、魚礁《ぎょしょう》にしよう！　ビルの最上階あたりは海面上に出るようにして、船が座礁したり漁網が引っ掛かったりするのを防ぎ、併せて漁船がトラブったりした場合の避難場所にも使えるようにして……。

渡し船を使って、釣り場にするのもいいかも。うんうん、それがいいや！」

＊　＊

何とか廃物利用の目処《めど》も立ち、ひと安心のミツハであった。

「で、向こうは、どうしようかなぁ……」

＊　＊

「ですから、王女殿下にお取り次ぎを！　我が国には何の関係もない出来事を誤解されております王女殿下に、急ぎ御説明せねば……」

どうやら、高圧的な態度では逆効果だと悟ったらしく、そして電話やメールでは埒《らち》があかぬと思ったのか、某国は、腰の低い外交官を、直接ウルフファングのホームベースへと派遣した。

しかし……。

「そうは言われても、ここに来ないものはどうしようもないからなぁ……」

最早《もはや》、丁寧語を使う気もない隊長。

「それに、もし会えたなら、『王女殿下』って言うのはやめた方がいいぞ。それはあいつが捨てた身分だからな、気を悪くするぞ。『子爵閣下』……、いや、『子爵』って呼んでやれよ」

「は、はぁ……」

そして結局、何の約束もできず、何の言質《げんち》を取れることもなく、外交官は帰っていった。一応、『王女殿下が来られたら、お渡し下さい』と言って書簡を置いていったが……。

「ふむふむ、そう来たか……」

外交官が建物から出たのを確認してから、ミツハが現れた。そして、隊長が外交官から渡された書簡に目を通している。

別に、今、転移してきたわけではない。ずっと隣室で話を聞いていたのである。聴診器を壁に当てて……。リットマン聴診器は、なかなか性能がいい。

「何て書いてあるんだ？」

興味本位で聞いてきた隊長に、ミツハが肩を竦《すく》めながら説明した。

「いやね、『連絡が取れないようなら、テレビや新聞を通じて王女殿下宛てのメッセージを送ります』、だってさ」

「え？　嬢ちゃんの存在は各国のごく一部の者達の間だけの秘密、ってことになってるのにか？」

「うん、だから、私のことを公表されたら困るだろう、という脅しだろうね。

でも、そんなことをすれば、自分達がしでかしたこと、小娘ひとりに散々な目に遭わされたこと、そして機密文書やデータが奪われたこと等が世界中に知れ渡るわけだからね。……勿論、自国民を含めて。

そんなこと、できるわけがないよね～。

でも、ま、せっかくだから、お誘いに乗ってあげようかな。そんなことをされたら困る、って私が思っていて、すごく焦《あせ》っている、ということで……」

そう言ってにんまりと笑うミツハの悪い顔を見て、げんなりとした様子の隊長であった……。

「国営放送の送信機材が、予備システムを含め、全て消失しました！　送電線が何ヵ所も断線、非常用発電機も燃料タンクと共に全て消失！」

「何だとおっ！」

「新聞社の機材も全て消失、非常用の輪転機も消えました！　テレビ、ラジオ、新聞、国営のメディアは全て麻痺《まひ》状態です！」

「馬鹿な！　なぜそういう反応になるのだ!!」

思っていたのとは全く違う相手側の反応に、頭を抱える指導者。

「脅しが効いています！　余程、自分の存在を公表されるのを恐れて……」

「馬鹿者！　交渉の座に就かせるための脅しなのに、ますます強硬姿勢を取らせてどうする！　それに、こうも全ての国営メディアが一斉に停止すれば、国民どころか、世界中に異変が知れ渡るだろうが！　とにかく、復旧を急がせろ！　テレビ局を最優先だ!!」

ピントの外れたことを言った大臣を怒鳴りつけ、指導者は、まず国民の不安を解消するためにはテレビで自分が話をするのが一番であると判断した。なのでそう命令し、その考えは正しかったのであるが……。

＊　＊

「送信試験、失敗です！　発振器が機能していません！」

「どうしてここの基盤が無いんだよ！」

「電子部品が足りないだと？　どうなってる！」

「なぜメモリが無いんだ？」

復旧は、遅々として進まなかった。

＊　　＊

「うん、まぁ、数日置きに1回、各地の放送局や新聞社の印刷所を一廻《ひとまわ》りするだけの、簡単なお仕事だけどね？」

「……」

「で、さっきのテキストのメール送信、お願いね」

「…………」

ウルフファングの隊長が、先程ミツハから受け取ったテキストファイル。

それは、異世界懇談会《イセコン》参加国に宛てた、ミツハからのメッセージであった。今回の件に関する、全ての事情説明の……。

民間人であるふたりの少女への攻撃と誘拐。

……いったん誘拐されてから奪還したので、『誘拐未遂』ではなく、『誘拐』は成立している、という判断であった。

それを宣戦布告なしでの奇襲攻撃と判断し、子爵領が全力で応戦、戦争状態となったこと。

よって、戦争中の当事国に対して軍需物資を販売、もしくは提供した国は、敵国の同盟国と看做《みな》すこと。我が方に関する情報の提供等もまた、同様とすること。

誘拐がその国の仕業であることは、魔法により確認されており、自国の法規的には証拠として全く問題がないこと。敵国に味方した国は、魔法により確認され、言い訳を聞くことなく自動的に敵対国と判定されること。魔法による確認に誤認はあり得ないこと。

これらが、一斉送信されるわけである。

「あの国とは、嫌がらせをやめた後も、名目上は交戦状態を維持しておいた方が便利なんだよ。どうせ大半の国はあの国との交易を完全にやめることなんかできないだろうから、うちがいつでも文句を付けられる状態になって、つまらない要求をしてきた国には『敵国扱いするぞ』で済ませられるから。『軍需物資』なんて、金属、石油、食料、その他何でもこじつけられるもんね。

証拠なんか、『魔法で確認した』と言い張れば済むし。うちが関係を打ち切るだけだから、別に相手国が納得するような証拠が必要なわけじゃないしね。うちの勝手、という範疇《はんちゅう》だから。

そして、あの国とは交戦状態のままということは、うちは、いつでもあの国を攻撃して戦略物資を奪っても構わない、ということに……」

実際には、そう無茶をするつもりはない。相手が、再び余計なちょっかいを掛けてこなければ。

「あ、あの国に提供したドラゴン素材や、その他のうちの世界産のサンプルと、その研究成果を全て回収して、記録類も全部、書類やコンピュータごと回収しなきゃ……」

隊長は、少し怖くなっていた。いや、ほんの少しだけであるが……。


そして、数日後。

ウルフファングのホームベースに、外交官が再び書簡を携えてやってきた。

ミツハがここに顔を出していることは、前回の書簡による脅しに即座に対応したことから、バレバレであった。尤《もっと》も、ミツハも隠すつもりなど欠片もなかったのであるが……。

そしてその翌日、やってきたミツハがその書簡を確認した。

「何て書いてあるんだ？」

そう尋ねる隊長に、ミツハは思案げな顔で答えた。

「う〜ん、意訳して簡単に纏《まと》めると、テレビやラジオ、新聞とかでの連絡はしません、そろそろ勘弁して下さい、ってとこかな？」

「そりゃまた、簡単に纏まったな……。そんなに枚数のある書簡なのに……」

それを聞いて、肩を竦めるミツハ。

「どうしようかなぁ……。そろそろ、頃合いかな……」

考え込むミツハに、隊長が心配そうに言った。

「嬢ちゃん、やり過ぎると、暗殺とかがあるんじゃないのか？　……って、今更、もう遅いか……。

こんだけ恥を掻かされて、大損害を受けたんだ、暗殺部隊の1ダースや2ダース、送り出されていても不思議じゃないだろ。大丈夫なのかよ……」

「うん、大丈夫！　私は『サンダース』だから！」

「意味が分かんねぇよ!!」

ミツハが国を、領地を護るためにその名を借りた、あの人の名を知らないであろう隊長には、何のことだか全く分からなかった。いや、それ以前に、『3《スリー》』を『サン』と言われた時点で、言語的に理解不能であった……。

しかし、ミツハが、自分自身で分かっていれば良い。それだけのことであった。

「いざとなれば、エックス攻撃で……」

……どうやら、違う方の『サンダース』だったようである……。

「ま、先日のメッセージに続いて、今度はあの国も含めた全ての国々に、このテキストをメール送信して貰うんだけどね」

そう言って、隊長にUSBメモリーを渡すミツハ。

「一度に渡せよ！」

文句を言いながらＵＳＢメモリーを受け取ると、すぐにパソコンのスロットに差し込む隊長。

「これは……」

そう、そのメッセージには、もし次に子爵領関係者に対する敵対行動、もしくはその準備行動が見られた場合には、今度は手加減や容赦のない、本気の報復攻撃が行われること。軍の弾薬庫の中身、ミサイルサイロの中身等が首都や軍事基地、そして指導者達が住んでいるあたりの上空に突如出現するかも知れないこと。そしてこちらを攻撃しても、魔法による周辺探知や自動防御を突破することは、魔力がない者には難しいであろうこと等が記《しる》されていた。

更に、もしこれから数年の間に、この世界において自分に万一のことがあった場合、『ある種の情報が、ある方面に流れるようになっている』という、分かる人には分かるお話が……。

そして、今回のことでかなりの生命力を消費した子爵様がかなりお怒りであることが、誤解の余地のない言い回しで明記されていた。

「……できるのか？」

「えへへ……」

転送自体は、なぜか軍事基地の衛星写真まで付いていた『ある国から貰った資料』により、実施可能であろう。しかし、弾薬庫に保管されている砲弾に信管が装着されていて安全装置が解除されているとも思えないので、ただ落下するだけであり、起爆はしないのではないかと思われる。

ミサイルの弾頭にしても、おそらく同じであろう。

だが、そんなことをわざわざ説明してやる必要はない。

ミツハの防御については、丸々ハッタリである。

しかし、超常の力を見せつけられた後での、自信たっぷりな宣言であるから、嘘だと決めつけられるだけの根拠がない。

暗殺を試みて、もし失敗すれば。そう考えるだけで、それは強力な抑止効果を生み出すであろう。

「でも、もう、あの街へは行けないなぁ……」

さすがに、それは危険が過ぎるであろう。これからは、遊びに行くのは遠くの街へ、ただの少女3人組として行くしかない。

まぁ、今までも、『ごく普通の少女3人組』という触れ込みだったたし、遠くの街であろうと、移動時間も交通費もかからないから、その点では大した問題ではない。

それに、英語か日本語が通じるところであれば、サビーネちゃんとコレットちゃんの言語的には条件はあまり変わらない。馴染《なじ》みの店が数軒失われる、というのは、少し残念であるが……。

なので、その分の鬱憤《うっぷん》は、あの国で晴らさせて貰うのであった。

そう、時たま、指導者の自宅のワインセラーから値打ち物のワインが数本消えるだとか、料理人が用意したはずの料理がそっくり姿を消すとかいう形で。

戦争中の敵国なのである、補給を断つのは当然のことであり、何の問題もない。

　そして、その後。

　時たま、隊長のところに謝罪と泣き言のメールや手紙が来るらしいが、それらを華麗にスルーするミツハであった……。

＊　　＊

「あれ？　何だか様子が……」

　地球でのゴタゴタが一段落し、久し振りに新大陸、つまりヴァネル王国の港町へとやってきたら、何だか軍港がざわついている。

　何かあった？

　こんな時には、情報源の……、って、無理か。こんな状況じゃ、主力艦の下っ端乗組員に、外出許可なんか……、って、来たよ、オイ！

「はぁはぁはぁ、ミツハちゃん、久し振りだね……」

　何も、たかだか数十秒早く来るがために、そんなに汗だく大盛りで走らなくても……。

　というか、外出日は毎回、私が来ていないか確認するために一番に上陸してたのかな。よしよし、ワンコのようで、可愛いぞ。

　ま、来たなら、問題ない。では、いつものカフェへ……。

＊　＊

「え、軍艦が遭難？」

「うん。嵐に巻き込まれて、マストが折れて流失。船体も大きな被害を受けて、帆走《はんそう》不能。ただ海流と表面吹送流《すいそうりゅう》と風圧流で流されているだけらしいんだ。

あ、ミツハちゃんは、世界が丸い、ってことは知ってる？　表面吹送流は、この世界の自転の転向力が作用して、角度が……」

「パ～ス！　パアァァ～～スっっ‼」

今から海洋学の勉強を始めるつもりはないよ。

「結論だけ、お願い」

「…………船が1隻、漂流してる」

「……」

「…………」

「……ごめん。もう少しだけ、詳しく……」

結局、分かったのは、『船が1隻、漂流してる』ってことだった。

で、なぜそんなに詳しく状況が分かったかというと、ただ1艘《そう》だけ無事に残った短艇《カッター》で、決死隊が荒海に乗り出したらしいのだ。まだ風浪が高く、うねりなんか全然治まる気配もなくて、危険な三角波が立ちまくりの海へ……。

そして、何日もかけて、何とか奇跡的に陸岸に辿《たど》り着いたその乗員達からの知らせで、救援の船が出ることになったらしいのであるが……。

「あまり、芳《かんば》しくないのね……」

「うん。嵐で風向きはメチャクチャ変わっていたし、短艇も、陸岸に辿り着くまでにどれだけ流されたか分かんない。そもそも、短艇が出発した時の母艦の位置そのものが、既に自艦位置喪失《ロストポジション》に近い状態だっただろうから。

そりゃ、嵐の中で長時間翻弄されて、その後何日も漂流。しかも天測器材も何もかも全部吹っ飛ばされた状態で、となりゃ、推定位置の誤差はメチャクチャ大きくなるよ。捜索に行ったって、そう簡単に見つかるもんじゃない。それに……」

「それに？」

「捜索には、３隻しか派遣されない」

「…………」

まぁ、仕方ないか。

大被害を受けて、沈没寸前の船なんか、動力船ならばともかく、帆船で長距離曳航《えいこう》が簡単にできるとは思えない。それも、うねりが残った荒れた海で、風上に向かって間切《まぎ》って進む、とかだと。

もし曳航できたとしても、そんなにボロボロだと、修理するよりも、新造した方が早かったりして……。

乗員の損失が痛いかも知れないけれど、こういう世界では人命は安い。40門艦に乗っている下級水夫程度の人数など、ちょいと強制徴募隊が街を廻れば集められる。戦時中ならばともかく、平時であれば、そんなに人員不足というわけでもないだろう。

士官や、一部の熟練水夫達を失うのは惜しいかも知れないけれど、多くの船を出して捜索するほどのメリットはないと判断したのだろう。それが政治的に、損得的に、そして人道的に正しいかどうかは知らないけれど……。

それに、たくさんの船を出せば必ず発見できるとも限らない。上の方も、好きで見捨てるわけでは……、って、いや、見捨てていないからこそ、3隻の船を出すのか。それが、精一杯の判断だったのだろうな……。

1隻も出さずに見捨てたりすれば、船乗り達の士気に関わる。そう言って、捜索隊の派遣を強く主張してくれた上級指揮官でもいたのかな。

「俺が乗ってる『リヴァイアサン』は、出航しない。捜索には、船体の大きさや戦闘力は関係ないからね。速度と経済性の方が大事だから。……まぁ、大きいと見張り台の位置が高い、という利点はあるけれど、そう大した差じゃないし……」

ま、そりゃそうだ。救難活動に、最新鋭の戦艦を出す者はいないだろう。高速駆逐艦あたりで充分だ。

軍人君、割と淡々と喋っているけど、ちょっと表情が暗いなぁ。ま、いくら別の船とはいえ、同じ海軍の仲間達のことだからなぁ……。

「友達と、昔お世話になった教官が乗ってる船なんだ……」

あ。

そりゃそうか、軍人なんだから、転勤や配属替えとかがあるよねぇ。

ムク

ムクムクッ！

うむ、心の奥から湧き上がる、この感じ。

そーだそーだ、クリィムそーだ！

あの時の感じ。

そう、マルセルさんと初めて会った、あの時の……。

「ねぇ、捜索に行くのは、どの船？　そして、出航予定は何時《いつ》？　現場海域は、どれくらい離れているの？」

第五十三章　捜　索

「え……、いきなり何を……」

いかん、唐突過ぎたか。

「あ、いや、お友達のお父さんとかが乗ってる船かな、とか、漂流している人達の水や食料が保《も》つのかな、とか、心配で……」

「ミツハちゃんは、優しいなぁ……」

チョロい。チョロ過ぎるぞ、軍人くん！

軽く握った両手の拳を口元に当てて、きゃるんっ、という擬音が出そうな顔をしてみせると、イチコロである。真珠の涙を浮かべるまでもない。

うむ、初代みっちゃん直伝《じきでん》の、『男の子を殺す、48の殺人技』のひとつ、ダブルナックルビーム、無敵である！

ちなみに、この時、眼からビームが出ているらしい（みっちゃん談）。

そして、軍人くんから、知っている限りの情報を搾《しぼ》り取った。

よし、今日はこのへんで勘弁しといたろか！

「あ、あの、この前は、プレゼント、ありがとう……」

おお、そういえば、そんなのも渡したなぁ。いつも外出時間を潰させて申し訳ないから、お詫《わ》びにとあげたんだっけ、フォールディングナイフ……。

「あれ、あと数本、手に入れられない？」

え？

「……」

「…………」

「……………」

ジト眼で見詰める私の視線に、慌てて顔の前で手を横に振る軍人くん。

「い、いや、ちゃんとお金は払うよ！」

そして、軍人くんが焦って説明してくれた。

何でも、ちょっとした作業で軍人くんがポケットに入れていたあのナイフを使ったところ、それを見ていた士官のひとりが興味を持って『ちょっと貸せ』とか言い出して、下手をするとそのままパクられて知らん振りされる可能性があったため、軍人くんが拒否。言い争いになりかけたところに艦長が通りかかって介入、ちょっと見せろ、と……。

そして、隊司令が、ちょっと見せろ、と……。

「金貨3枚出すから譲れ、って言われたけど、ミツハからの大事なプレゼントだから、勿論《もちろん》断ったよ。そうしたら、『同じ物を入手できないか。勿論、お金は払う』って……」

あ～……。

凄すぎたか、ガーバー社……。

まぁ、製品を渡したところで、長年に亘《わた》って培《つちか》われた技術がそう簡単にパクれるはずがない。

もしそんなことができるなら、今頃、世界中の刃物メーカーがガーバー、ラブレス、バック、ランドール、G・SAKAI並みのナイフを作れるようになっているはずだ。

それに、ナイフは戦争での主力武器じゃないし。

「……分かった、手配してみる……」

面倒だなぁ、という思いが顔に出たのか、私が困っているか不機嫌になったと思ったらしい軍人くんが慌てて機嫌取りをしてきたけど、いいよ、そんなの……。

というか、隊司令がいるということは、軍人くんが乗っている船、『リヴァイアサン』が戦隊旗艦なのか……、って、最新鋭艦だと言っていたから、当たり前か。

それと、軍人くん、私のことは『ミツハちゃん』と呼んでいたのに、さっきの台詞じゃ『ミツハ』って、呼び捨てだったよね？　……ま、いいけどさ……。

……そうだ！

「でも、その代わり、ひとつ頼みを聞いて欲しいんだけど……」

そっちの無茶な頼みを聞くんだから、こっちの無茶振りも聞いて貰《もら》うよ！

そして軍人くんは、なぜ私がそんなことを頼むのか不思議がりながらも、別に問題はないだろうから、と言って、了承してくれた。

よし、作戦開始！

＊　　＊

「あ、私です」

ワタシワタシ詐欺じゃないよ。

地球では、対外的には『ナノハ』という名前になっているけれど、あまり自分で偽名を名乗りたくはないから、なるべく自分ではその名を口にしないようにしてるんだよ。他の人が勝手にそう呼ぶのは構わないんだけどね。

そして今、隊長さんの名義で契約してもらっている私専用の携帯で電話している相手は、以前、新大陸の航空偵察のために給油機を出してもらった国の、外交官さん。

「はい、実は、またお願いがありまして……。

え、前回のお礼に渡した『カンブリア紀っぽいやつ』、学者さん達が大喜び？　よかったです、地球にもいるやつで、ハズレだったらどうしよう、って心配してました、ええ、はい。

で、また、お願いしたいことが……。

任せろ、何でも引き受ける？　ありがとうございます！　では、今度は海軍の方で……」

＊　＊

よし、捜索部隊は出航したな……。では、そろそろ始めるか！

転移！

「よろしくお願いします！」

「うわぁ！　あ、し、失礼……」

いや、人気《ひとけ》のない場所で待っていて、いきなり背後に人が現れたら、そりゃ驚くのは仕方ないよ。気にしない気にしない！

そして、外交官さんのクルマで、今回は海軍基地へ。

「ようこそおいで下さいました、王女殿下！」

うん、このあたりの国では、王族の御威光は凄いからね。たとえ異世界の知らない国であっても、王女という肩書きは効果絶大なのだ。

基地司令との挨拶を終えて、すぐに滑走路のエプロン地区へ。

……そう、海軍基地といっても、港じゃない。ここは、海軍の航空基地である。そしてエプロンに駐機しているのは……。

対潜哨戒機《しょうかいき》。

海で捜索活動を行うなら、空軍ではなく、海軍だ。対潜哨戒機の出番だよ！

別に、対潜哨戒機だからといって、潜水艦しか探せないというわけじゃない。ちゃんと対水上レーダーを積んでいるし、乗員は目視捜索の訓練もしている。そして遭難船の捜索も、普段の任務に含まれているのだ。

だから、今回は海軍の対潜哨戒機以外の選択肢はない。

機側《きそく》まで、クルマで。ＶＩＰ待遇だね。……って、他国の王女様をＶＩＰ待遇にしなくて、誰をＶＩＰ待遇にするんだよ、ってことか。

対潜哨戒機の周りには、機側員達しかいない。搭乗員は、既に搭乗済みらしい。

案内の人にラッタルへと誘導されて登り始めると、機内から搭乗員がふたり、身体を乗り出してサポート体勢になってくれた。

こっちは大した荷物じゃないし、ラッタルには簡易手すりも付いているから大丈夫なんだけど、まぁ、私の身に万一のことがあれば銃殺モノだろうからなぁ……。

そして、機内に入ると、人が大勢……。

あ、前回も乗ってた、学者さん達だ……。

まぁ、来るわなぁ……。

そして、軽く挨拶して、席に着いて、ハーネスを締めて、発進！

＊　　　＊

『進路を、マグへディング、３６０度に！』

『ラジャー、マグへディング、３６０！』

水平飛行《レベルフライト》になってから、ハーネスを外して、機内交話機でパイロットに指示。

これは、地球で磁北に向いた状態で転移し、向こうの世界の磁北に向いた状態で出現させるための、方位整合のためだ。このあたりの手順は、昨日訪れた時に打ち合わせ済みである。

いや、今日がいきなりの初顔合わせなら、こんなにさっさと飛び立てないよ。

それに、多分、前回の空軍のパイロットからも色々と情報を得ているだろうし……。

『転移、30秒前！　我が名はナノハ、流浪の神の名の下に……』

私の詠唱開始に、機内に緊張が走る。

『10秒前！　……5、4、3、2、1、ワープ！』

そして、何の面白そうなエフェクトもなく、勿論服が透けるようなこともなく、転移完了。

『オルターヘディング、トゥ、コース。マグへディング、２９３度。変針！』

『変針、２９３度！』

『ヨーソロ、２９３度！』

そして機体が左に傾き、しばらくして元に戻った。

『よーそろ～』

まずは、捜索海域へ。

チャートは、ヴァネル王国とその近傍の海岸線のは、前回の航空写真から作成したものがある。

勿論、作ったのは飛行機を出してくれている国の人達。

当然、拿捕《だほ》船にはこのあたりのチャートは積んであるんだけど、それを出すと前回の調査飛行の建前が崩れちゃうから、それは使えない。それに、搭乗員の人達も、図法、縮尺、その他色々が全く違うチャートより、自分達が作ったチャートの方が安心できるだろう。どうせ、洋上では地形は関係ないし。

そのチャートに、軍人くんから聞き出した最終位置情報点《デイタム》が記入してある。そう、ナイフを手に入れる代わりに出した、『遭難船の、捜索中心点が知りたい』という要求によるものである。

これが戦闘に関することとかであれば、とてもそんなことは聞けないし、さすがに軍人くんも拒否しただろう。でも、平時における海難救助に関しては、秘密行動でも何でもない。敵対国であっても協力するくらいである。

なので、軍人くんが船尾楼甲板《せんびろうかんぱん》の海図室でチャートを見たり、士官達に遭難位置を聞いたりしても、『友人と、お世話になった教官が乗っている』と言えば、その心情を思い遣って、そう不審に思うことなく教えてくれるはずであった。……そして、事実、教えてくれたのである。

いくら捜索には向かわない船であっても、遭難位置の情報とかは全ての船に通知される。他の任務で近傍を航行する場合もあるし、遺体を発見することもある。また、いつ追加兵力として捜索活動に派遣されるかも分からないので、一応は、全ての船が最低限の準備と心積もりはしておくのが常識らしい。……軍人くん情報と、昔聞いた、お兄ちゃんの蘊蓄《うんちく》話《ばなし》によると。

とにかく、入手した位置情報を、地球製のチャート用の方位距離に換算して、プロットしたわけである。

緯度経度？　この惑星の大きさも分からないのに、意味がないよ。

とにかく、救難部隊の頭上を越えて、現場海域へ進出だ！

『目標の最終位置情報点《データム》、オントップ、スタンバイ……、マークオントップ！　方形拡大捜索に移行する、各部、見張りを厳となせ！』

機長である、戦術航空士《TACCO》の下令で、レーダー員《SS－3》だけでなく、席に窓がある乗員全てが目視捜索に努める。

……勿論、捜索中心点に達する前、既に捜索対象の存在圏内に入った時点でとっくにそうしているが、まぁ、気を引き締めるための定型句のようなものであるらしい。

ちなみに、対潜哨戒機では、先任操縦士《パイロット》と戦術航空士《TACCO》のうち、階級・序列が上の方が機長になるらしい。帝国海軍でも、操縦士《パイロット》ではなく偵察員が機長を務めることがあったらしいから、これは海軍の航空機においては普通のことなんだろうな、多分。

捜索については、普段は潜水艦の潜望鏡やシュノーケルを発見する連中だ、いくら帆やマストがないとはいえ、大きな帆船を見落とすようなことがあるはずがないから、安心だ。……与えられた目標の最終位置情報点《データム》さえ、致命的な位置誤差がなければ……。

『レーダーコンタクト、３２６度63マイル！』

『ホーミング！』

『了解、右旋回、３２６度！』

レーダー員《SS－3》が目標を探知し、レーダー誘導が始まった。すぐに戦術航空士《TACCO》が戦術画面上で探知目標にマーキングしているから、パイロット席の表示画面にもそれが表示されているはずだ。

でも、まだ遭難船が発見されたわけじゃない。海には、多くの船が航行しており、漂流物、クジラ、その他様々な……

『目標《ターゲット》、インサイト！　大型木造船らしいが、帆らしきものは視認できず！』

早いな、オイ！

『目標、資料にあった40門艦らしい。マストなし、漂泊中！』

かなり接近して、詳細情報が流された。

漂泊、つまり対水速度がゼロ、ってことだ。別にお泊まりしているわけじゃない。

そして、対水速度がゼロといっても、海流や風圧の分は流されているから、対地速度としては静止しているわけじゃない。

とにかく、間違いなさそうだ。

……考えてみれば、沿岸を離れて外洋を単独航行する船なんか、今のこの世界にはそんなにあるはずがないか。そしてこんな大型目標で、船の他に誤認するものなんか、クジラくらいしかないや。

よし、乗り込むか！

『フェイズ２に移行します！　緊急退避、及び緊急帰還に備え！』

私は、ふたつの事態に備えるよう警告した。

緊急退避というのは、私が咄嗟《とっさ》に機内に戻ってくること。そして緊急帰還は、私が機内に戻ることなく地球に転移する場合だ。

うん、高速で動いている航空機の中にうまく転移できなかった場合、私が機内に入ることなく、一緒に転移しなきゃならないからね。

どちらの場合も、別に危険も準備しておくこともないんだけど、びっくりしてパニックにならないように、一応、注意喚起だけはしておかないとね。

そして、自分の装備の確認。

服装、ひらひらドレス。よし！

……今回は、フライトスーツじゃないよ。この後の都合上。

金髪の、変装用ウィッグ。よし！

無線機、よし！

肩掛け式拡声器、よし！　……風が吹いている甲板上で、全員に届くような大声を肉声で張り上げていたら、喉を潰しちゃうよ。

『行きます！』

ハンドマイクでそう言って、ヘッドセットを外した。

「転送《Beam up》！」

機内交話機じゃないから、近くの数人にしか聞こえていないだろうけど、一応、様式美なので、そう叫んでおく。そして、年配のおじさま達には『転移』や『ワープ』より受けがいいかと思って、今回は転移の時の台詞を『転送《Beam up》』にしてみた。


……あれ？

甲板上に転移したけど、誰もいない。

……って、当たり前か。

帆柱も帆もないのに、甲板にいてもやることがないだろう。そして、水や食料を節約するためには、直射日光や風に晒《さら》されるのを避け、船内でじっとしていた方がいいに決まってる。

じゃ、呼び出すか。

ちょっと高くなっている所に、よじよじと登って、と。

拡声器のマイクを摑《つか》んで……。

『ヴァネル王国海軍、40門艦「イーラス」の皆さん！　女神様からのお使いで参りました！　ちょっとお話を聞いて戴けませんかあぁ！』

ありゃ、反応がないぞ。もしかして、既に全滅……

ばあぁん！

どたどたどたどたどた！

あ、あちこちのドアやハッチが開いて、ぞろぞろと出てきた……。

『皆さんに、女神様からの伝言が……』

「「「「遂に、お迎えが来やがったあああぁ!!」」」」

いや、確かにもうすぐ迎えが来るんだけど、そういう意味の言葉じゃないよね、それ……。

「いや、でも、女神様の使いということは、俺達、天国へ行けるってことじゃねぇか！　この俺達が、てっ、天国だぞ、天国！　美人の女神様や、美少女の天使様が大勢いる……。

色々と悪さもしたけど、女神様は、俺達をお見捨てにはならなかったんだあああぁっっ!!」

「「「「おおおおおお〜〜っっ!!」」」」

いや、ちょっと待ってよ。話を聞いてよ。

それに、ここの天使って、中性じゃなくて、美少女なのかっ！

「「「「ばんざ〜い！　ばんざ〜い！　女神様、ばんざ〜い!!」」」」

『おまえら、話を聞けよおおおおぉ〜〜っっ!!』

きいいいいいぃん……

ボリュームいっぱいにして怒鳴ったら、ハウリングを起こして、えらいことになった……。

そして、甲板上は、やっと静かになった。

……うむ。

『皆さんには、残念なお知らせと、良いお知らせがあります。まず、残念なお知らせですが……』

不安そうな、乗員の皆さん。

『今回は、皆さんの天国行きは、見送りとなりました！』

「「「「えええええええ!!」」」」

絶望に包まれた、乗員の皆さん。でも、まぁ、次のお知らせを聞けば、喜んでくれるだろう。

『次に、良いお知らせですが……、救助船がこちらへ向かっています。私がその船を誘導しますので、最短距離で、確実にここへ到達するでしょう。すみませんね、今回は天国にお連れできなくて……』

え、というような顔をして、きょとんとする乗員の皆さん。……多分、今聞いた言葉の意味が、まだ脳みそに染《し》み込んでいないのだろう。

そして、しばらく経った後……。

「「「「うおおおおぉ〜〜!!」」」」

あ〜、しばらくは私の話を聞いてもらえそうにないなぁ……。

＊　＊

『では、水と食料は、まだ当分は大丈夫。そして船体も、再び嵐に出くわしでもしない限り、すぐにどうこう、という心配はない、ということですね？』

「はい、その通りでございます、御使《みつか》い様！」

いくら変装しているとはいえ、ウィッグくらいじゃ気休め程度だ。だから、最初に陣取った高いところから下りず、乗員達があまり近付くのも許さなかった。

そして艦長と、少し離れた状態で、必要な情報を交換した。

こっちは拡声器があるけど、向こうは肉声だから大変かも。声が嗄《か》れて……、って、そんなの慣れてるか。海の男を何十年もやっていたら。

きっと、甲板から海に向かって叫ぶ『号令調整』とか、隊歌訓練とかがあるに違いない！

うん、自衛隊の広報ビデオで見たよ！

『では、私は救助船に方位を知らせに参ります。気を緩めることなく、海の男として、恥じることのない行動をし、規律を保ちなさい。では、さらばじゃ！』

そして、上空で旋回している対潜哨戒機に意識を集中して……、転移！


「もがっ！」

そして、いきなり口の中に何かを突っ込まれた。

「あがががががが！」

私が、混乱してあうあうしていると、学者さんが、慌ててそれを口の中から抜いてくれた。

「す、すみません！　転移された場所に、何か特別な反応がないかと……」

ああ、放射線の痕跡とか、重力波の歪《ゆが》みとか、そういうものが検出されないかと思って、転移した時に私が座っていた座席を色々な検知器具で調べていたわけか。

そしてそこに私が、転移した瞬間に機体の動きに追従できずにコケるのを避けるために、座っていた座席に出現して、突き出されたセンサー部分をまともに口で受けた、と……。

いや、そんなに必死に謝らなくてもいいよ。お仕事なんだから、仕方ないでしょ。

私、真面目に仕事をしている人には、結構寛容なんだよ。いや、ホント。

……あれ、検知器具の、私の口に突っ込んだ先端部分を取り外して、ビニール袋に入れて機内の小型冷蔵庫に入れてる。精密部品を駄目にさせちゃったかなぁ。

ごめん。

そして、往路で頭上を飛んで位置を確認しておいた、救助船へと向かった。

ここまで来ると、既に戦術画面に救助船の位置と進路、速力が入力されているから、レーダーと併せれば、ほぼ一直線。時間のロスなく真っ直ぐ向かえるんだけど、私は、その時間すら惜しむのだ。

『ワープ！』

そう、救助船の予想位置へ、地球を経由しての連続転移で一瞬のうちに。

ちょっと位置がズレたけど、勿論、レーダーにバッチリ3隻のエコーが映っているから、問題なし。エンジン音が聞こえない高度のままで、そっとその上空へ。

『見張り台の様子は？』

『見張り員がひとりいるようです』

機内交話機での私の質問に、最も見張りに習熟している機上武器員《ORDNANCE》が双眼鏡で確認して報告してくれた。

『了解。フェイズ3を開始します！』

そう言って、私は頭の中で手順を繰り返した。

地球、マスト、見張り員を連れて地球、甲板、見張り員を置いて地球、マスト。

見張り員が反応できないうちに、ささっと済ませる。

よし、いくぞ！　ハンドマイクを置いて、ヘッドセットを外して、と。

「転送《Beam up》！」


「うわっ！」

マストの見張り台にいたはずが、突然甲板に。そりゃ、驚くか。

そして私は、彼に代わって、見張り台に。

そう、転移の連続技は、無事、成功したのである。うっかり見張り員を地球に置き忘れてきたりはしないよ。

対潜哨戒機に乗って飛んでいたことによる運動エネルギーは、転移時における慣性中和処理《イナーシャルキャンセル》により、問題なし。これは、中和せずにそのまま持ち越すこともできる。

また、その逆、運動エネルギーの、ある程度の付与もできるらしい。だから、飛んでいる航空機の中に転移しても、席に押し付けられて、ぐえっ、ということにはならない。

……仕組み？　知らないよ！　私の精神か脳みそに融合している、『それ』の一部だったものに聞いてよ！　細かいことは、丸投げなんだから。

私は、マストの上から、見張り員が甲板上で狼狽《うろた》える様子を確認して、拡声器のマイクを握り締めた。そして……。

『私、登場《Appear》！』

うむ、広くてごちゃごちゃした甲板上では、マストの上の見張り台にいるはずの見張り員が突然現れたことは、目立たないため別に騒ぎにはなっていない。でも、見張り台の上から、聞き慣れない女の子の声が、それも強い海風の中で船の端から端まで響き渡るような音量で聞こえてきたなら、話は別だ。

甲板上は、大騒ぎ。

魔物や悪魔だと思われて、銃で撃たれでもしたら大変だから、さっさと話を進めよう。

『勇敢なる水兵達よ。ヴァネル王国海軍、40門艦「イーラス」、未《いま》だ健在なり！　友を救いに行くがよい！　針路を、右に13度、変針せよ！』

「「「「「うおおおおおお〜〜!!」」」」」

「女神様だ！　『イーラス』の乗員を救うため、女神様が顕現《けんげん》なされたあああぁ〜〜!!」

うむ。

船乗りは、信心深い。

自分の力ではどうしようもない、巨大な力。

深く神秘的な海。暴風雨。海中の怪物《リヴァイアサン》。そして敵との戦い。

そんなのを相手にする毎日では、神頼みでもしなきゃ、やってらんないよね。

そして、神頼みは、無料《タダ》だ。強突《ごうつ》く張《ば》りの教会がせびる寄進の金以外は。

ならば、駄目で元々、信心しておいて悪いことはない。何より、それで心の安寧《あんねい》が得られるならば、儲《もう》け物だ。だから、船乗りには信心深い者が多い。

それに、夜中に見張りに立って海を見詰めていると、どんな粗野な男であっても、自然と信心深くなるものらしい。

無限に広がる大海原《おおうなばら》。砕け散る波濤《はとう》。煌《きら》めく夜光虫の青白い光。

この世のものとも思えぬ、幻想的な美しさ。

そして、たまに目にする、盗み飲みしたラム酒が見せた幻覚か、見張りの途中で居眠りしていてみた夢か、後で思い出しても現実かどうか分からない、アレ。

これで、信心深くならなきゃ、どうかしてる。

……ってことらしい。お兄ちゃんが言ってた。

そんな船乗り達の前で、突然マストの見張り台に出現した女の子が『女神様の使い』を名乗ったり、そう思われて当然の言動をすれば……。

うん、そういうことだ。

そして、艦長が指示したのか、操舵手《そうだしゅ》の独断なのかは分からないけれど、艦が少し向きを変えたような感じがした。手持ちのコンパス……オリエンテーリング用のやつ。磁針じゃなくて、円盤状のがオイルの中に浮かんでいる、拡大レンズやら何やらも付いてるカッコいいやつだ。あ、これ、軍人くんにあげたら狂喜しそう、って、駄目だ駄目だ、また10個くらい注文が来そうだ……で確認すると、確かに変針しているみたいだ。一応、信用された模様。

あれ、旗旒信号《きりゅうしんごう》が揚げられたぞ。

ええと……、『ワレニツヅケ』、って、旗艦であるこの船と隊列を組んで進んでいるんだから、目標海域に到着して担当海域別に分かれて捜索活動を始めるまでは、同行するに決まっているんじゃないの？　変針も、僅かな角度だし……。

アレかな、女神様の御神託が嬉《うれ》しくて、『みんな、俺に続け～！』って言ってみたかっただけかな？

まぁいいや、そんなの、どうだって。

あ、旗旒信号が読めるのか、って？

今まで、何人の海軍軍人と話してきたと思ってるの？　うん、あれも一応、『言語』扱いらしいよ。


よし、これで、遭難船『イーラス』と、この救助艦隊の3隻、合わせて4隻分の船乗り達は、『女神様』に心酔するだろう。そして、ほぼ絶望と思われていた救助の成功という事実と、船4隻分の証人がいては、上の方も、この奇跡を認めざるを得まい。

と言うか、『女神がヴァネル王国海軍をお護《まも》り下さっている』という事実を思い切り広めて、国威高揚を図るに違いない。そりゃ、国民や他国に対する強力な武器になるだろうからねぇ。

もしかすると、陸軍に対しても強い立場に出て、予算を分捕る、とかいうこともあり得るかも。

陸軍派閥の侯爵様には、悪いことをしたかな……。

でも、いざという時に、女神様の御神託を信じて味方に付いてくれる可能性がある海軍軍人を増やすための、地道な種蒔《たねま》きだ。こつこつと、地道に頑張ろう。

あんまり地道じゃないですか、そうですか。

……って、ああっ！　陸軍より海軍の発言権が強くなって、予算をたくさん取れるようになれば、海軍戦力が増強されて、国外進出、ひいては外洋探検航海の規模や回数が増えるのでは？　うちの国への調査船団再訪の時期を早めることに？　あああああ、やっちゃったか？

いやいやいやいやいや、まだ、慌てるような時間じゃない。

ひっひっふ～、ひっひっふ～……。

よし、撤収準備！

『また、針路の微修正のために訪れよう。友のため、任務に励むがよい。さらばじゃ！』

よし、転移！


今度は、何事もなく、無事座席に出現。手早くヘッドセットを着けて、と……。

「任務完了。残った時間で、予定通り、調査飛行を行います」

そして、機長とパイロットから了解の返事を得て、転移。

そう、残った燃料分、旧大陸の上を飛んで貰うのだ。前回の遠征で行かなかった方面を。そうすれば、何かの用事でまた国外へ行く時に、楽ができる。

巡航速度が時速８００キロ以上だから、１時間飛べば、１日あたり30〜40キロくらいしか進めない馬車の、20〜27日分くらいの距離を進める。しかも、高空から見下ろすから、視界範囲がかなり広い。これで数時間飛んでもらえば、カバーできる範囲が凄いことに……。

よっしゃあ、ＧＯＧＯ！

＊　　＊

そして、無事、基地に着陸。

「ありがとうございました！　では、明後日、またよろしくお願いしますね」

「はい、お待ちしております」

うん、毎日は申し訳ないから、１日置きで誘導に行くことにした。遭難船と救難部隊との会合《ランデブー》の日は、前日が誘導日だったとしても飛ぶけれど。

では、本日は、ここまで。

もう、今更なので、ここからこのまま転移で帰る。搭乗員や学者先生達、そして出迎えてくれた基地司令官や飛行部隊の偉い人達、外交官の皆さんにぺこりと頭を下げて、転移。

一緒に、私の能力が届く範囲……かなり広い。この基地全体が余裕ですっぽり入る……の、私に関する全て、つまり、抜けた髪の毛とか、椅子に付いた細胞片とか、そういった類いのもの全てを伴っての転移である。

実は、飛ぶ前に通された建物を出る時にも、みんなには分からないよう瞬間的に、往復で連続転移して、建物に何も残さないようにしている。一瞬私の姿がちらついたように見えたかも知れないけれど、多分、目の錯覚くらいに思ってくれているだろう。

それによって、口にしたコーヒーカップに付いた成分も、指紋として残った成分も、全部綺麗《きれい》に消えたはず。

立つ鳥、跡を濁さず。うむ、完璧である！

＊　＊

「くそおおおぉ、何も検出できないぃ！　分子ひとつ、付着していないいいいぃ‼

本当に、生きている人間なのか！　身体は何で構成されてるんだ！　妖精か何かかよっ‼」

その日、とある研究室で、悲痛な叫びが響いたという……。

＊　＊

「本日も、よろしくお願いしますね」

今日は、『女神の信者獲得作戦』、第2回目だ。2フライト目、と言うべきかな。

とにかく、前回と同じ流れで、離陸《テイク・オフ》。

救難艦隊の前回の位置へ転移して、そこから推測位置へと向かう。帆船の２日分の移動距離なんか、この哨戒機だと30分もかからない。

帆船の最高速度は割と速いけれど、それは、理想的な方向からの風を受け続ければ、の話であって、完全な向かい風とかだと、そりゃ風上にも進めるけれど、ジグザグに間切《まぎ》って進むことになるから、対水速度ではなく進行方向に対する移動速度としては、ガタ落ちになる。

だから、一時的な最高速度ならばともかく、長期間の平均速度としては、５〜６ノットくらいがせいぜいだろう。

哨戒機の搭乗員《クリュー》は、前回と同じメンバー。

そりゃ、慣れた者の方がいいに決まってるから、この任務は固定メンバーで、同じチームが担当することになったのだろう。……毎日飛ぶことにしなくてよかった。

搭乗員の皆さんは、お客さんである私とは違って、飛行前のブリーフィングとか、準備とか、色々あるだろうし、飛行後も、報告やら書類提出とかがあるに違いない。そして多分、フライト関係以外のデスクワークとかも抱えているだろうし。

フライトだけが仕事、ってわけじゃないだろうからね。特に、士官の人達は。だから、毎日だと、かなり迷惑を掛けることになったはずだ。

そして、すぐに救難艦隊を見つけて、直上をオントップ。高度が高いから、エンジン音で気付かれることもない。

……いや、別に、気付かれても構わないんだけど。どうせ、『御使い様を乗せて運ぶ、天界の鳥』くらいに思われるだけだろうからね。

あ。ヤバい。

遭難船の方では『女神の使い』と名乗ったのに、救難艦隊の方では、女神扱いだった……。

……でも、思い返しても、救難艦隊の方では名乗ってないよね。

ならば、彼らが勝手に勘違いしているだけで、私の肩書きは『御使い様』一択だ。

御使い様ならば、元は人間だったとか、今でも現役の人間で、時々女神様に頼まれて使い走りをやっているだけ、とか、どうとでも言える。

これが『女神様』となると、色々と面倒だし、すぐにボロが出るだろうし、旧大陸と接触して私が仲介することになったりしたら、不整合が起きるからなぁ。

その点、御使い様なら、『雷《いかずち》の姫巫女《ひめみこ》様』と似たようなものだから、何とか、なるなる！

……よっし、遭難船『イーラス』、見っけ！

あとは、ルーティンワーク。船に降りて、景気のいいことを言って乗員の士気を高めて、戻るだけの簡単なお仕事。テキストはバインダー式だ。

＊　　＊

そして、『イーラス』での仕事を終えて、次は救難艦隊旗艦へ。

転送……、ん？

ま、いっか。転送《Beam up》！

そして、今回はちゃんと『我は女神の使いである』と名乗って、針路をほんの僅か修正して、哨戒機に……。

う〜ん、やっぱり、気になるなぁ……。

いや、さっき哨戒機から転移しようとした時、何だか学者さんの眼がおかしかったような気がするんだよねぇ。

私が転移する瞬間を見ようとしてる、って感じじゃなくて、私の身体……、いや、姿勢というか、体勢というか、何かそういうのを確認しているような、覚えようとしているような、何とも言えない視線が……。

よし、飛んでいる航空機の中に転移してもあまりよろけずに済むことは確認済みだから、座席から少し離れたところへ転移しよう。

転送《Beam up》！


「………」

私の目の前には、何やら棒状のものを握り締めて、『私がその座席に座ったとしたら、口があるあたり』に狙いをつけて構えている学者さんの後ろ姿が。

そして、座席の後ろ側には、両手を胸の前で開いて待ち構えている、別の学者さんが……。

当然のことながら、位置関係と体勢から、座席の後ろ側の学者さんとは、まともに眼が合った。

「……」

「…………」

「「…………」」

たらり、と額から汗を流す学者さん。

機内、空調効いてるよ、うん。

そして、怪しい棒を持った学者さん。自分の仕事に全力集中してるのは分かるけど、目の前の同僚の様子がおかしいことくらい、気付こうよ。

ま、仕方ないから、今回は私が……。

ぽん！

「……」

ぽんぽん！

「今、大事なとこなんだ、邪魔する……な……」

しつこく肩を叩《たた》かれたため、怒鳴りながら振り向いた学者さんの声が尻すぼみになり、そして静寂が広がった。

し～～ん……。

気まずい！　メチャ、気まずいぃぃ!!

いや、それは、向こうの方がもっと気まずいか……。

そうじゃない！　今、私、怒るとこ!!

「……どういうことかな？」

「「……」」

「どういうことなのかな？」

「「…………」」

「ど・う・い・う・こ・と・な・の・か・な！」

「「すみませんでしたあああぁ～～!!」」


問い詰めた結果、どうやら、上からの指示ではなく、このふたりの独断、つまり暴走らしい。

前回、本当に偶然、私の口に突っ込まれることになった検知器の先端部分。アレで、私の口腔《こうくう》内細胞が採取できたと思い、異世界の超能力者のＤＮＡが分析できると狂喜したのに、結果的には、何も採取されていなかった。

そして、どうしても諦めきれず、再び『偶然』に頼ることに……。

「どこが『偶然』かッッ!!」

私、激おこである！

他の学者さん達を始め、不測の事態に備えて同乗している情報部の人？　政治将校？　何か、そういう役割の人も、搭乗員の皆さんも、眼を逸らして、決して私とは眼が合わないようにしている。

そりゃまぁ、私を激怒させた者達、というリストに自分の名が載るのは絶対嫌だろうから、無関係を貫くしかないよね。下手をすれば、降格処分どころじゃ済まないからね、そうなると……。

というか、不測の事態に備えて同乗している人！　どうしてあなたまで眼を逸らして知らん振りしてるの！　こういう時にうまく取り纏《まと》めるために乗ってるんじゃないの？

「……帰る！」

本当は、この後、新大陸の上を飛んで貰う予定だったけど、今日はもういいや。また、次回があるから。

「あちらの世界に戻ったら、なぜかふたり程人数が減っていたりして……」

私が何気なく呟《つぶや》いた独り言に、蒼白《そうはく》になっている人がふたりほどいたけど、知らん！

せいぜい、ビビっていろ!!

あ、座席の後ろで両手を構えていた方は、突然口の中に棒を突っ込まれた私が暴れるのに備えて、助ける振りをして頭を固定して、採取を補助する役割だったらしい。

……そりゃ、暴れるわ!!

＊　　＊

結局、帰投後にクレームを付けて、そのふたりは次回から搭乗させないよう厳命。

いや、研究熱心なだけで、そう悪い人達じゃないのかもしれない。

でも、私にとっては、明らかな敵対行為であり、裏切りだ。

本当ならば、この国に依頼するのは打ち切って、他国に乗り替えてもいい事案だろう。

ま、今から再度他国に話を通すのも面倒だし、チャートやら何やら、せっかくのノウハウが無駄になるから、乗り替えないけどね。それに、国や軍として裏切ったわけじゃないし、他国だと、もっと酷いことになるかもしれないし。

うん、この国は、誠実な方なんだ。あのふたりを排除するだけで我慢して、収めよう。

あのふたりは、私から法的な処罰を求めることはないけれど、それなりの報いは受けることになるだろう。私が、『以後、私に関係することや、私が提供したものに関する研究等には、一切関わらせないで欲しい』と要望したから。そして、次に何かあれば、以後、私がこの国に何かを頼むことも、何かを提供することも、二度とない。そう、はっきりと断言しておいたから。

魔が差しただけかもしれないけれど、ここで甘い顔を見せれば、第2、第3の『偶然』を狙った連中が現れるに決まっているから、温情を掛けることはできない。それは、悪手中《あくしゅ》の悪手だ。

ま、自業自得だから、仕方ないよね……。


と、まぁ、色々あって、あれから数回の誘導を経て、いよいよ最終日、遭難船と救難艦隊の会合《ランデブー》の日を迎えたのである。

あ、ちゃんと、新大陸の上も飛んで貰った。

勿論、大陸全土をくまなく、というわけにはいかないから、近隣の、主要なところだけだけど、それでも、大助かりだ。……そのうち、ヴァネル王国の周辺国にも手を回す必要が生じるかもしれないし。

＊　＊

『左に4度！　イーラスは近いぞ！』

「「「「おおおお～っっ!!」」」」

遭難船と救難艦隊の会合《ランデブー》の日、イーラスに顔を出した後、私はマストの『見張り台じゃないところ』に居座っていた。

転移で移動したから、別に死ぬ思いでよじ登ったわけじゃない。

なぜ見張り台じゃないかといえば、やはり、第一発見者は救難艦隊の者がふさわしいからだ。その方が、感動も大きいだろう。御使い様が発見して、ばんざ～い、もないだろうからね。

針路の修正値は、哨戒機から無線で知らせてくる。そして、最後の針路修正からしばらく経って……。

日没を過ぎ、辺りは既にかなり暗くなっている。

そして、その時、空に輝く光が現れた。

「何だ、あれは！」

「女神の光か?」

そう、あれは女神の光。その名を、『吊光投弾』と言う。航空機から投下され、パラシュートによってゆっくりと降下するタイプの照明弾だ。そしてその光を後方から受けて、闇の中に浮かび上がった、その姿は……。

「イーラスだ！　イーラス、発見!!」

見張り台から、喉も張り裂けんばかりの叫び声が上がり、その声は甲板中に届いた。

「「「「「おおおおお!!」」」」」

「「「「「ばんざ～い！　ばんざ～い！　女神様、ばんざ～い!!」」」」」

よし、撤収だ！

美味しいところで姿を消すのが、御使《しゅくじょ》いの嗜《たしな》み。

その方が、最後まで出しゃばるよりも、女神の使いっぽくて効果的だ。

乗組員達が、ついさっきまで帆桁《ほげた》の上に腰掛けていたはずの御使い様の方に眼を向けると、そこには誰もおらず、ただ凪にはためく帆があるばかり……。

うん、これだよ、これ！

よし、転移！

＊　　＊

暗闇の中、灯《あか》りがともされ、移乗作業が続けられる。

人間だけでなく、航海日誌、金庫の中身等、重要なものが運び出され、救難艦隊の旗艦へと移される。イーラスの乗員を他の2艦へ振り分けるのは、夜が明けて明るくなってからである。とりあえず今は、安全な旗艦に全ての乗員を移すのが先決であった。


「イーラスの状態はどうかね？」

「は、竜骨《キール》には異状ありませんが、その他の部分は損傷が激しく、修理するには新造と同じくらいの予算が必要かと……」

「そうか。元々、曳航《えいこう》するのは難しかったのだ。放棄、ということで決定だな。自沈処分とするか……」

救難艦隊の艦隊司令がそう言うと、イーラスの艦長が首を横に振った。

「いえ、その必要はありません。イーラスの行き先は、既に決まっております。彼女は、新たな主の許へと旅立ち、永遠の航海へと出航致します……」

「何？　君はいったい、何を言っておるのかね？」

艦隊司令の言葉をスルーして、乗員達の移乗が終わったのを確認したイーラスの艦長は、船尾楼から出て、大事に懐に収めていたものを取り出した。

そして何やら少し操作した後、それを右手で握り、高く空に向けて突き出した。

ぱぁん！

空に向けて撃ち出された、オレンジ色の光。

「な、何だ、それは！」

艦隊司令の驚きの声をスルーし、イーラスの艦長が空を見詰めていると、空に次々と輝く光の玉が現れた。イーラス発見時と同じものである。

そして艦長が、その光に照らされたイーラスの船尾楼に眼をやると……。

「おお！　おおおおお……」

その船尾楼の屋根の部分に、ちょこんと座ったふたつの小さな人影。

片方は、先程使った御神器を渡して下さった、御使い様の華奢《きゃしゃ》なお姿。

そしてもう片方は、可愛い服装なのに、ボロボロで、左腕を布で吊《つ》り、両足に包帯を巻いた、10歳前後の活発そうな少女。その少女が、笑顔で右手を振っている。力いっぱい……。

「「「「「おおおおおお！　イーラス！　イーラスぅぅ～～!!」」」」」

甲板上のイーラス乗員が、歓声を上げた。

そう、何も説明されなくとも、皆には分かっていた。あの幼い少女が、『イーラス』なのだと。

『イーラス』の魂であるのだということが……。

「「「「「イーラス！　イーラス！　イーラス！」」」」」

そして、叫ぶイーラスの乗員達と、呆然《ぼうぜん》として見詰める救難艦隊の乗員達の前で、イーラスはその姿を消した。船の魂も、そして本体である、マストを失った巨大な船体も……。

「……女神の許へと旅立ったのです。我が国のために戦い、そして乗員達を護るために嵐と戦い、その使命を最後まで全《まっと》うしたイーラスに、女神様が御慈悲をお与え下さり、御自分の御座船《ござぶね》、御召《おめし》艦《かん》として……」

それは、如何《いか》なる栄誉であろうか。

艦長を務めた者として。そして船の魂にとって、それは、如何なる喜びであろうか……。

救難艦隊司令は、自分の両頰に涙が流れているのを自覚していた。

しかし、大の男が人前で涙を流すことが恥ずかしいなどとは、これっぽっちも思っていなかった。

今、涙せずして、いつ男が涙を流すというのか。

それに、今、涙を流していない者など、少なくともこの半径数百海里《マイル》には、ひとりもいないであろう……。

そして、暫《しば》し感動の余韻に浸《ひた》った後、艦隊は帆を揚げ、帰路に就くのであった。港を出航した時の重苦しい表情とは一変した、喜びに満ちた顔で。

イーラスの艦長は、御使い様から賜った御神器がいつの間にか手の中から消え失せているのに気付いたが、それを不思議に思うことはなかった。『神から貸し与えられた御神器が、役目を終えた後、消え去る』。何の不思議もありはしない。神話においては、よくあることであった。

＊　＊

「やった！　大破してはいるけれど、新鋭40門艦、ゲットだぜ！」

ぱぁん！

そう言って、コレットちゃんとハイタッチ。

「コレットちゃん、お疲れ様！」

「いや、何かよく分からなかったけど、面白かったよ！　こういうのなら、いつでも呼んでね！」

ボロボロの恰好《かっこう》で、包帯を巻いたり腕を吊ったりしたコレットちゃんが、にぱっと笑ってそう言った。確かに、コレットちゃんにとっては楽しかったかもしれない。

前もって手配しておいた漁村の人達が、イーラスを曳航するために漁船でこちらへ向かっている。

あまり桟橋に近いところへ転移すると、イーラスの出現により発生した波が漁村を襲うため、少し沖合に出現させたのである。

今は干潮だから、これから満ち潮になる。そして、うまい具合に、風は陸に向かって吹いている。

更に、夜が明けてからは、陸地が日射しで暖められて、海側から陸側に向けての風が吹く確率が高い。何とか桟橋に移動させることができるだろう。

まぁ、もし風向きが変わって沖合に流されたら、また私が転移させて移動させれば済むことだ。

今度は、伯爵領の港の方へ転移させれば、人手も曳航するための漁船も充分足りるだろう。

今回のことは、何百人もの船乗りを助けたい、という気持ちも、勿論あった。でも、新鋭の40門艦を無料《ただ》で入手できるかもしれないという、絶好の機会だったんだよね。

みんなに感謝されて、無料で新鋭艦ゲット！　いいことずくめである！

拿捕艦は、同じ40門艦だけど、あれは、初めて40門艦が建造された頃の、当時の『最大の主力軍艦』だった船だ。なので、今では廃艦寸前の老朽艦。だから、失われても惜しくない船として、奴隷商人の無謀な探検に貸与されたらしい。

それに対して、今回手に入れたイーラスは、比較的新しい船だ。

何も、海軍は最大の戦艦ばかりを建造するわけじゃない。巡洋艦や、駆逐艦も必要だ。なので、64門艦を造れるようになった技術力で建造された、新鋭の40門艦。これは、うちの建艦において、参考になるはずだ。

修理には、新造並みの手間がかかるらしいけど、うちにとっちゃあ、いい勉強になるだろうから、それも悪くはないだろう。

とにかく、ボーゼス伯爵様のところに引き渡して、研究と修理だ。

……但し、王様達との交渉が終わってからね。イーラスをいくらで買い取って貰うかの。

うん、慈善事業やってるわけじゃないからね、私は。

これでも、ヤマノ子爵領の領主なんだから、領地のために稼がなくちゃならないんだ。領地開発のためには、鉱物資源の調査とか、漁船の建造とか、色々とお金をかけたいことがたくさんあるんだよ。できれば、兵役期間の者にも、少しくらいは手当を出してあげたいし……。

うん、この世は、銭ズラ！

あ、どうしてコレットちゃんに『イーラス』の船魂《ふなだま》の役をやらせたか？

うん、あの方が船乗り達の間に女神様の話が伝わるのに強烈なインパクトが与えられると思ったし、船に魂があると思わせれば、みんな船を大事にして、簡単に廃艦にはしづらくなると思ったんだよね。

そうすれば、新造艦を造るペースが落ちて、船の性能が上がるのが遅れる。

船は、維持するのに膨大なお金がかかるから、どんどん保有隻数を増やせばいい、ってもんじゃないからね。

うむうむ、順調である。計画通り……。

さて、では、救難艦隊の上空を旋回している対潜哨戒機に戻るとするか。

……転移！

＊　　＊

「何！　イーラスが発見され、乗員が全員救助されただと！」

「は。嵐の最中に帆柱を護ろうとした者達が数名、波に攫《さら》われて行方不明となりましたが、その他の者達は、全員救助されました」

「そうか……。行方不明の者達の家族には、未払い分の給金、見舞金等、しっかりと手配せよ。途中で中抜きするような者がいれば、厳罰に処するように」

「はっ！」

部下からの報告に、喜色を浮かべてそう指示する、ヴァネル王国の国王。

ほぼ絶望と思われていた船の、数百人もの乗員が助かったのである。その中には、勿論貴族である士官も含まれている。

国王は、どうやらそう悪い人物ではないようであった。……少なくとも、自国民に対しては。

確かに、敵対国や、搾取の対象と定めた弱小国から見れば、極悪非道の悪人なのかもしれない。

だが、それは『国王』という役職の職責がそうさせるだけであり、本人が善人か悪人かとは、別の話である。自国の国民のため、必死で働く。それがたとえ、他国の者達にとっていくら大きな不利益であろうとも。それを責められる者はいるまい。

「で、船は自沈させたのか？」

「………………」

はい、のひと言で済むはずの返事を、なぜか躊躇《ためら》い口籠《くちご》もる報告者。

「ん？　まさか、曳航できるほど陸岸に近い場所だったわけではあるまい？　どうした、何を隠している！」

報告者のあまりに不審な様子に、ただならぬ気配を感じ、思わず声を荒らげ椅子から立ち上がる国王。

「言え！　全て、きちんと報告せぬか！」

こうなっては、言うしかなかった。たとえ信じてもらえずとも……。

「ふ、船は、イ、イーラスの行き先は、海底ではなく、天上でございます。イーラスは、御使い様と共に、天上の、女神の許へと昇天いたしましたっっ！」

「………はァ？」

呆気《あっけ》にとられ、間抜け声を漏らす国王。

「……正気か？」

暫《しばら》く経って、ようやくのことでその言葉を絞り出した国王。

報告しているのは、勿論、下っ端の一兵卒《いっぺいそつ》とかではない。海軍の将官である。そしてその将官の口から、国王に対する正式な報告において、『女神』やら『御使い様』やらの言葉が……、いや、それはまだいい。国教では、女神の存在が信じられているのであるから。

しかし、『船が昇天した』というのは、如何《いかが》なものか……。

「イーラスが、皆の目の前で消え失せたとでも言うつもりか？」

「はい、その通りです」

「なっ！」

そして、最初から、全てが詳細に報告された。

どうしてもその報告が信じられなかった国王は、救助されたイーラスの艦長と救難艦隊司令を呼び出したが、報告内容は変わらなかった。

　更に、航海士、水夫長《ボースン》、下級水夫まで呼び出して事情聴取を行ったが、全ての証言が一致していた。そしてその頃には、海軍全体に、そして陸軍や一般市民達の間にも、爆発的な勢いで噂《うわさ》が広がっていた。

　当たり前である。4隻合わせて1000人を超える数の乗員達が、街中で、あの奇跡の体験を話して廻《まわ》るのだから。そしてそれを聞いた者達が、他の者に話さないわけがない。

『心正しき船と船乗りは、女神様がお救い下さる』

　このフレーズが広まるのに都合の悪い者がいるわけでなし。イーラスの乗員達は、あっという間に時の人になっていた。

＊　　＊

「ふふふ、計画通り……」

　イーラスの件が広まり、船を失い一時的に手が空いた乗員達は、あちこちのパーティーに招かれていた。貴族や士官達だけでなく、下級貴族のパーティーには士官候補生や水夫長《ボースン》等も招かれる程の、引っ張りだこ状態である。そして、そこで再び拡大再生産されて広まる、噂話。

　乗員達自身も、どんどん話に尾ひれをつけて膨らませてゆき、自分達でもそれを真実だと信じ込んだまま、あちこちで喋《しゃべ》りまくる。

　そして海軍では、『イーラス』が幼い少女であったとの話から、自分達の艦はもう少し艦齢が古いことから、多分16～17歳くらいに違いないと信じ、何やら勝手に妄想に耽《ふけ》る船乗りが続出。

また、数年後の廃艦が予定されていた船の乗員達からは、近代化改装による延命措置の嘆願が出され、上層部が困惑しているらしい。

しかし、海軍であるから、上層部の人達も、その多くは元船乗りであったり、お船大好き少年の成れの果てであったりする。設計者や造船技師達も、皆、同じ。

そんな連中が、自分達が心血を注いで造った船に魂が宿り、しかもそれが少女の姿をしているなどと聞いて、黙っていられるはずがない。

こうして、老朽艦の延命措置の声が高まり、そのため、新造艦の計画がいくつか中止になりそうな雰囲気らしい。また、多くの船舶関係者達が、自分が関わった船に会うために軍港がある都市へと出掛け、海軍の業務が滞《とどこお》っているとの噂もある。

くくく、まさに、計画通り、である。

これで、海軍の力を削《そ》ぐことに成功した。次は、建艦計画が縮小することによって余ったお金が研究費とかに廻されて国力が向上しないよう、この国からお金を吸い上げれば……。

主に、金貨とかの形……、いや、この国の金貨は金の含有量《しつがわるい》が少ないから、インゴットの方がいいか。とにかく、金に換えて持ち出せばいい。そのためには、この国の技術の進歩には全く貢献せず、産業の発展にも寄与せず、何ら得るところのない、その場限りの浪費に終わる商品を売りまくればいいわけだ。ふはははは！

まぁ、今はイーラスの件で社交界や政界は騒がしいし、財界も、建艦計画の縮小で大騒ぎだろう。

造船業界は大打撃で、熟練技術者が職にあぶれて失業し、転職する。

いったん失われた貴重な人材と技術は、そう簡単には取り戻せない。ボディブローのように、この国の造船業界に深いダメージを与え、未来に影を落とすだろう。

今はこの国がこのあたりでは一番の海軍力を誇っているらしいけれど、2番手、3番手の国に追いつかれたりして、お金がかかるだけで成果が得られるかどうかも分からない調査船団、探検船団などを出す余裕がなくなるに違いない。……多分。

しばらくは、騒がしい社交界はパスしよう。……少なくとも、イーラスの乗員が招待されている間は。

金髪のカツラを着けていたし、あまり近寄らせなかったし、声は拡声器を通したものしか聞かせていないけれど、ま、念のためにね。みっちゃん一家には、『しばらく、周辺国を旅して廻る』って言っておこう。

よし、新大陸は、しばらく放置！

＊　　＊

「何、ヤマノ子爵が出る予定のパーティーがないだと！」

さすがに、ミツハに避けられ続けた国王も、対策を講じていた。

自分が出席することを事前に知らせず、突然パーティーに押し掛けることにしたのである。いくら突然押し掛けるとは言え、国王の来訪を迷惑がって追い返す主催者などいるはずがない。

そして、イーラスの件で色々と混乱している状況ではあるが、それはまた、他国に対して『女神の寵愛《ちょうあい》を受けし国』という触れ込みで強気の交渉に出られるという絶好の状況でもあった。

そう、あまり交流が活発ではない国との交渉事を行うには、悪くない状況なのであった。

なので、早くヤマノ子爵と接触し、ただの一貴族として色々と本音を聞き出し、その後『実は、ヴァネル王国の国王陛下であったのだ！』と明かすことによって、『ええっ、今まで、とんだ御無礼を！』、『何と気さくな、貴族思いの良き国王陛下なのだ!!』との好印象を与え、子爵の母国についての詳しい話をさせる予定なのである。

国王からこの計画を聞いた宰相は、何と頭の悪いことを、と呆《あき》れたが、別に、うまくいかなかったところで、大きな損害や国際問題になるようなこともない。なので、余計な不興を買う必要もないので、ただ、『そうですな……』と答えたのみであった。

しかし、いざその『いきなり訪問作戦』を決行しようとした矢先に、『ヤマノ子爵が出席する予定のパーティーがない』という報告が……。

「どういうことだ？　病気か何かで臥《ふ》せっておるのか？」

しかし宰相が、ヤマノ子爵のパーティー関連の調整を任されているという噂のミッチェル侯爵に確認したところ、『近隣国を旅行して廻っているらしい』との返事が。

「なっ！　他国に先を越されたらどうするのだ！　なぜ、みすみす旅に行かせた!!」

そんなことを言われても、他国からの旅行者を、理由もなく国外に出させずに拘束するわけにはいかない。それも、相手が貴族や王族だった場合には、国際問題である。

それに、そもそも後手に回ってしまったのは、国王の頭の悪い作戦のせいである。

「どうしようもありませんな……。まぁ、物産店とやらはそのままですし、単なる物見遊山《ものみゆさん》の観光旅行に過ぎないでしょう。わざわざ遠国から来たのに、ひとつの国に留まり続けて一歩もその国から出ない、ということの方がおかしいのです。まだ、御心配されるような事態ではないと思いますが……」

「う、うむ、それもそうか……。何、我が国は女神の御寵愛を受けし国なのだ、我が国を蔑《ないがし》ろにしたり逆らったりする国がいるはずがないな。はっはっは！」

宰相の言葉にあった、『まだ』という言葉を簡単にスルーした国王に、心の中で肩を竦《すく》める宰相であった……。

第五十四章　繁盛の謎

新大陸のヴァネル王国の方は一段落したので、地球とサビーネ王国……正式な国名、何だっけ……の方をフォローしとこう。

日本の家の方は、割とこまめに郵便物やメールの確認をしているし、ご近所さんへの『元気に暮らしていますよアピール』もしているから、問題ない。

隊長さんのところ経由の各国への対応は、前回の誘拐事件を利用して、『報復措置で生命力を大量に消費したため、しばらく地球への訪問や活動は控える』と連絡してあるので、しばらくは放置で問題ない。そして、連絡のメールに、『これ以上生命力を無駄に消費したくないから、今度報復措置をする時には、手加減や心遣いはなしで、一発で殲滅《せんめつ》することにした』と書いておいたので、安心だ。

……隊長さんが、『どこに手加減や心遣いがあったんだ？』とかほざいていたけど、スルーだ、スルー！　私、スルー力検定、１級資格だよ！

そして、やってきました、私のお店、ギャラリーカフェ『Ｇｏｌｄ　ｃｏｉｎ』！

今日は平日なので、夕方の繁忙時間帯に、窓からそっと中の様子を窺《うかが》うと……。

おおお、思っていたよりお客さんが多い！　どうなってんの？

いや、そりゃ、閑古鳥が鳴くよりは、お客さんが大勢来てくれて儲《もう》かった方がいいに決まってる。

……でも、正直言って、繁盛店になるとか、儲かるとかはあんまり考えていなかったんだ。

何しろ、雇ったのが、孤児院でみんなの食事を作っていた、っていう程度の13歳の女の子と、特技が護身術と『混み合ったところでも、人にぶつからずに、身体の重心をブレさせずに移動できるので、ウエイトレスの真似事はできると思います。……多分』という、よく分からない17歳の女性のふたりなんだから、期待する方が間違っているだろう。

しかも、ふたりともクソ真面目そうな表情で、あんまり愛想がいいとは言えない感じ。とても、お客さんに評判の、とかいうふうにはなりそうになかった。それが、どうして……。

でも、ま、別にメシマズ女ってわけじゃないらしいから、需要に合ったメニュー、安くてそこそこの味、そして居心地が良ければ、それなりに客がはいってくれるのか。

これなら、もしかすると、必要経費や人件費を払っても、ある程度の利益が出るのでは？

おおお、ギャラリー部分を抜きにして最初から黒字とか、想定外だよ！　1割の歩合給目当てで頑張ったのかな、あのふたり……。

よし、じゃあ、店に入るか。

雇ったふたりには、私が客として店に来た時には、特別な対応とかはせずに普通の客として対応すること、って何度も念を押してある。忙しい時に仕事の邪魔をしたくなかったし、他の客が特別待遇を受けているのを見るのは、お客さんからすれば面白くないからね。

それに、私がオーナーだと知れ渡るのは、安全上も良くない。

雇われ店長と店員が若い女性でも、店のバックにはちゃんとした大人がついている、というならばともかく、オーナーまでが小娘だと思われたら、舐《な》められて、街のチンピラや暴力団のいいカモにされるだろう。

ま、そのために、警察署に近い場所に店を構えて、ちゃんと署長さんや署員の皆さんには挨拶に行っているんだけどね、手土産を持って……。

この国では、まだ、そういうことには煩《うるさ》くないんだよ。国や市民のために危険な職業に就いてくれている、立派で尊敬すべき人達、って扱いだからね、警察官や軍人さん達は。だから、市民が個人的に寄付や差し入れをしても、誰も文句は言わないんだ。

でも、本当は、そうする必要はなかったんだけどね。

……うん、国の上層部から指示が出てるからね、当然。

免税措置やら従業員募集時の身元調査やら色々やってくれているこの国の上層部が、私の店の安全に気を配らないわけがない。当然、周辺の警察署には特別指示が出ているだろうし、下手をすれば見張りが付いている可能性もあるくらいだ。

でも、いきなり絡まれて暴力を振るわれたり、レジの端金《はしたがね》目当てで銃やナイフで一瞬のうちに、とかいうのは、防ぎようがない。だから、そういう時には黙ってお金を差し出すように指示してある。

しかし、小娘相手でリスクなしに簡単にお金が奪えるとなると、恰好《かっこう》の現金自動預け払い機《ATM》として、毎日強盗がやってくるようになってしまう。……いや、それなら、『預け払い機』じゃなくて、『現金自動払い出し機』か。

とにかく、うちに手を出したらただでは済まない、ということをこのあたりの犯罪者連中に思い知らせるために、防犯カメラはたくさん設置してある。そしてその場では手出ししなくとも、その映像を元にして調査し、後で確実に仕留める。

本人だけじゃなく、仲間や所属する組織、上納金が渡るルート、ことごとく潰す。そして、組織の上の方から『あそこには手を出すな』という半泣きの命令が出されるように追い込む。

うん、そうすれば、店も従業員も安全になるだろう。

からん、とドアベルが鳴り、ウェイトレスのシルアがちらりとこちらに視線を向けたけれど、全く表情を動かすことなく、完全にスルーされた。

うん、ここでは、店にはいってきた客にいちいち『いらっしゃいませ』なんて言わないらしい。

そんな形式的な言葉を掛けられても何のメリットもないし、新たな客が来たということは、ドアベルが鳴ったのだから、当然店員は認識している。ならば、店内の客達の視線を集めるような余計な声掛けはして欲しくない。それが、ここの人達の考え方らしいのだ。

世界中で評判のいい日本式の接客を教え込もうとしたけれど、この点だけはルディナとシルアに押し切られた。ま、郷に入っては郷に従え、だから、その点はふたりに任せた。

ガラ空きというわけでもないのにひとりでテーブル席を占拠できる程の勇気も図々しさも持ち合わせていない私は、空いていたカウンター席の一番端っこに座った。

……うん、隅っこは落ち着くよねぇ……。

そして、置いてあるメニューを開くと……。

「ベン図？」

そう、開いた最初のページに載っていたのは、あの、いくつかの円が重なったような図。学校で習う、複数の集合の範囲と関係を視覚的に図式化したやつである。

重なるように書かれている色違いの円は、３つ。

赤い円は『価格が安いグループ』。青い円は『ヘルシーなグループ』。そして黄色の円は『量が多いグループ』。それぞれのエリアに料理名が書いてあり、それぞれの料理の詳細は、次のページ以降に書かれている。……うん、なかなか考えてるなぁ。

トースト、パスタ、カレー。うんうん、定番メニューだね。

雑炊《ぞうすい》、すいとん、ふかし芋……。う、うんうん、孤児院時代の得意料理かな。

チャーハン、ピッツァ……。確か、安上がりで、一度に大量に作れる料理以外はあまり得意じゃないって……、冷凍物かっ!!

まぁ、今は冷凍物もかなり美味しいし、冷凍チャーハンとかは電子レンジじゃなくてフライパンで仕上げれば、結構いけるし……。

「……じゃ、雑炊とコロッケ、食後に紅茶を」

水を持ってオーダーを取りにきたシルアに注文。

向こうの世界では米食はあまりないし、日本の自宅では、自分ひとりのために御飯を炊くと、1回分じゃ少なすぎて美味しく炊けないし、2合とか炊くと余っちゃうから、自然とスーパーのパック物の総菜を半額セールの時間になってから3個くらい買って、ということになって、あまりお米の御飯を食べることがないんだよねぇ。残って冷凍した御飯は、イマイチだから。

「オーナー、はいりま～す！　雑炊、コロッケワン、食後に紅茶！」

「は～い！」

奥の方から、ルディナの返事が返ってきた。

ここの厨房《ちゅうぼう》は、簡単な料理はカウンターの向こう側で行うけれど、鍋を大きく振ったり、フランベで大きく炎が立つ料理、そしてスープやカレー、シチュー等の大鍋を使う料理は、客席からは見えない奥の厨房で行う。……ということになっているが、その本当の理由は、お客さんに手抜きの現場を見られないためだ。

いや、若い女の子がやっている小さな店で本格料理を期待するお客さんはいないだろうけど、一応は、『女の子の手作り』という男性方の夢とロマンを傷付けちゃいけないからね。だから、電子レンジも、あの『チ～ン！』という音が鳴らないように細工してあるのだ。

……で、私の目の前のカウンターに開いている、この4つの小さな赤黒い穴は何だろう？

5～6ミリ間隔で、綺麗《きれい》に一直線上に並んだ、穴。

そして、なぜか赤黒い。う～む……。

「お待たせしました」

しばらくして、シルアが料理を運んできた。

まぁ、雑炊とコロッケだから、そう時間がかかるものじゃないからね。

でも、もう少し元気よく配膳しようよ。そんな無表情じゃなくてさ……。

ま、いいか、お客さんが多いということは、それは大した問題じゃないということだ。

まずは、フォークでコロッケを……、あ。

ふと思い立って、フォークの先端部を先程の穴に合わせてみた。

……ピッタリだ……。

でも、どうして赤黒い？　穴の奥まで……。

何だか怖い考えになってしまったので、私は考えるのをやめた。

そして、私は全く気付いていなかった。

シルアが、奥の厨房にいるルディナに私の来訪を伝えるために、さっきの注文を通す時に『オーダーはいります』ではなく、『オーナー、はいりま～す！』という符丁を使ったことになど……。

……って、符丁も何も、そのままやんけ！


「……量が多い……」

雑炊は、量が多かった。

おそらく、孤児院時代にお腹いっぱい食べられなかったルディナが、『これくらい食べたかった』と考えた量なのだろう。さすが、メニューのベン図で『量が多い』、『価格が安い』、『ヘルシー』の重複部分に載っていただけのことはある。

……って、いや、確かに雑炊自体は割とヘルシーかもしれないけれど、これだけ量があれば、ヘルシーを売りにするのは如何《いかが》なものか。

スプーンで掬《すく》って食べると、予想以上に美味しい。……そして、材料費にはあまりお金がかかっていない模様。これなら、確かに低価格で提供できるだろう。なかなかやるな、ルディナ！

……って、孤児院の時のレシピに、少し具材を追加しただけなんだろうな、多分……。

美味しく完食して、普通に支払いを済ませた。

「美味しかったよ。頑張ってるね！」

お釣りを受け取る時にそう言うと、シルアの頬が少し引き攣《つ》ったかのように見えた。

すると、お客さんのテーブルから、驚いたような声が聞こえた。

「おお、シルアちゃんが微笑んでる！　凄い、俺が見るの、これが2回目だよ！」

「俺、初めて……、って、お前、よくあれが微笑みだって分かるなぁ……」

ビックリだよ！

いや、今の頬の引き攣りが微笑みだっていうのも、それが判るお客さんがいるのも、そしてシルアがそんなに滅多に微笑まないというのも、全部!!

私の前で無表情なのは、雇い主《ボス》の前だから緊張しているんだと思っていたら、まさか、常時だったとは……。

ふと店内を振り返ると、カウンターの向こうにルディナの姿があった。奥で作る料理が一段落して、次はカウンターで作る料理の番かな。

ルディナは、私の方を向いてにっこりと笑い、軽く頭を下げた。うん、ルディナはちゃんと愛想を振りまいて……。

「凄《すげ》ぇ！　ルディナちゃんが、作り笑いじゃなくて本当に笑ってるぞ！」

えええええ、ルディナのいつもの笑顔、あれ、演技だったの！　そして、どうしてそれが判るのよ、あのお客さん!!

……まぁいいや、『ファンが付いている』ということなんだろうから。

まさか、ストーカーとかじゃないよね？

よし、今回は、これにて撤収！

……って、この木製の扉についている、5～6ミリ間隔で一直線に並んだ4つの小さな穴は……。

周りをよく見てみると、扉の周囲にもう2ヵ所、同じような穴が……。

今度、営業時間外に来た時に、ゆっくり話を聞こう。困っていること、私に相談したいこと等があるかもしれないからね。さすがに、いくらふたりに任せるといっても、ちょっと放置し過ぎたよ。

よし、このあたりの飲食店は全て結構繁盛しているのか、ちょっと周辺のお店を覗《のぞ》いてから帰ろう。

……そして、そんなことはなかった。

そこそこの値段で食事ができる周辺のお店は、夕食の時間帯なのである程度のお客さんが入ってはいるけれど、『Ｇｏｌｄ　ｃｏｉｎ』程には客席が埋まっていなかった。

それに、他のお店も勿論《もちろん》ウェイトレスには若い女の子を雇っているから、別に無愛想なシルアや胸のないルディナにそんなに特別な集客効果があるとも思えない。

なぜ、新参の『Ｇｏｌｄ　ｃｏｉｎ』があんなにお客さんを集めることができているんだろうか。別に宣伝も打っていないのに。

……謎だ。

＊　　＊

「あ……」

隊長さんのところへ行って、私宛のメールの確認をしていると、とある国からの連絡が……。

『朝貢の儀の際に戴きました旅行券を行使致したく……』

あ〜、完全に忘れてたよ！

そうそう、第1回と第2回、それぞれ2枚ずつ贈ったんだっけ……。

そして、これは第1回の方の国からだ。ここぞという時のために温存していたのかな。

でも、それなら、今使うべき理由があるのだろうか。例の戦争騒ぎで、私が地球に来るのを控えているということになっている、この時期に……。

まぁいいや、あそこには動植物の分析とか色々頼んでいるし、外交官の人もいい人だったから、とりあえず連絡を取ってみよう。

この後は向こうに戻るから、私がこっちへ来ていることが分かっても問題ない。あの国ならばおかしなことは考えないだろうし。

それに、サビーネちゃんとコレットちゃんがいなければ、私ひとりならば大きな問題はない。遠距離狙撃とか爆発物とかで一撃必殺、とかを狙われない限り。

……狙われないよね？

＊　＊

「本日は、よろしくお願い致します」

そう言って私に頭を下げるのは、まだ若い……といっても、30代後半くらいだけど……の官僚さんと、頭髪もお髭《ひげ》も真っ白の、やや小柄な、人の良さそうなおじいちゃん。

……あの小国の、国王陛下らしい。

ま、王様を相手にするのも慣れたから、今更狼狽《うろた》えたりはしないよ。

「すまぬな。本当は、若い者を来させて将来のために、と思ったのじゃが、皆がどうしても儂《わし》に、と言って聞かぬものでな……」

王様は、なぜか腰が低かった。

私が『しばらく地球に来るのは控える』と各部に連絡していたのに、なぜ、今なのか。

それは、私が連絡を取った外交官が教えてくれた。ま、そこを説明しないと、私から不興を買うのは確実だものねぇ……。

で、その外交官が言うには、……王様は、どうやら先が短いらしい。

確かに高齢だけど、まだまだ元気そうに見える。でも、病気なんだって。だから、まだ元気そうなうちに、最後の思い出に、と……。

そんなの言われたら、断れないじゃん！

「老い先短い年寄りなどではなく、もっと若い者に経験させて将来のために、と何度も言ったのに、皆がどうしても儂に、と言って退《ひ》いてくれんでのぅ……」

王様は、私が病気のことを知っているということは知らないらしい。なので、自分の身体のことは黙っているつもりらしかった。

ならば、私も『そんな事情は知らない』。うん、それでいい。

「じゃあ、行きますよ。……転移！」


「おお！　ここが、異世界……」

「……と言っても、うちの国とあまり変わりませんね……」

うん、転移したのはうちの国の領地だから、開発途上の小国の田舎と、あまり変わらない。山と海と畑と農村と漁村。狭い平野部に、小さな町。

……世間一般では『村』と判断される程度だけど、一応は『町』であり、正式には、この子爵領の領都……、って、恥ずかしいから、二度と言わない！


「「「「オウサマ、ヨウコソ！」」」」

「「「「オウサマ、ダイカンゲイ！」」」」


「おお……」

道の両側に並んだ領民達が、手に手に持った小さな国旗を振っての、お出迎え。

私が提供したお徳用割り箸とコピー用紙、糊《のり》と絵の具で量産した、王様の国の国旗の群れ。歓迎の言葉は、ひとりひと言ずつ覚えさせた。喜んでくれたみたいで、よかった。

手漕《てこ》ぎの小舟を贈ってくれた国の王様なら、豪華な晩餐会《ばんさんかい》なんかより、こっちの方が喜んで貰《もら》えると思ったんだ。……それに、圧倒的に安上がりだしね！

領民達の歓迎に手を振って応《こた》えながら、我がヤマノ子爵家領地邸へ御案内。

この国の文明レベルは『異世界懇談会《イセコン》』の参加者は皆知っているし、私の周辺だけは地球からの便利道具があっても全然おかしくない。そして私が通訳しない限りこの世界の者とは会話できないのだから、マズい情報が漏れる心配もない。なので、何も隠す必要はない。

まずは、邸の見学会から。

基本的には文明レベルの低い建物だけど、ソーラーとプロパンガスを併用した発電システム、水道……実は、給水塔のタンクから給水されているだけ。水の補充は、王都邸（雑貨屋ミツハ）のような電動ポンプではなく、井戸から人力で運ぶ。稼ぎ手を失った家庭の子供にもできる、安全で身体を鍛えられる仕事を提供するというのも、大事なことだ。何でもかんでも省力化すればいいってものじゃない……、そして無線通信システム等が設置されている、文明的にかなりアンバランスな邸である。

まぁ、私が地球の文明に詳しいということを知っている者にとっては、それくらいは予想の範疇《はんちゅう》だろう。別に、驚くようなことじゃない。

あまり面白くなかったであろう邸の見学の後は、漁港へ。

「おお、あれは……」

そう、ふたりに見せるために、今日は地引き網漁をやらせている。勿論、活躍しているのは……。

「我が国がお贈りしました舟ですな！」

あの、『朝貢の儀』で贈られた舟が、網の投入の主役である。自分達が贈り、そしてこの旅行の権利を獲得することができた理由である2艘《そう》の舟が、主役として大活躍！　それを見て、嬉《うれ》しくないはずがない。

……そして、ふたりの眼が舟から逸《そ》れて、浮き桟橋《さんばし》に係留してある、イーラスに……。

「あ」

そう、それは、今までの説明とは明らかに矛盾するものであった。

あんな船を持っていて、小舟を持っていないはずがない。

あちゃ～……。

「あ、あれは、拾得物です！」

「「拾得物？」」

声が揃《そろ》う、ふたり。息がピッタリだね！

「は、はい、洋上を漂っていた無人の船を回収しました」

転移した時点では、既に乗員達は救難艦に移乗しており、無人だった。だから、決して嘘《うそ》じゃない。それに、ひと目で判るくらいボロボロだから、可動状態ではないのは素人にも分かるだろう。

「「…………」」

そして、王様達は行く先々で国賓《こくひん》、いや、『領賓』待遇で歓待され、その後、領都邸でディナー。料理は、異世界らしさを出そうと、角ウサギのステーキやらオークの生姜《しょうが》焼き、アノマロカリスの煮付けにハルキゲニアの唐揚げと、珍しいものを中心に。

王様は、角ウサギが気に入ったのか、『これを養殖して増やせば、肉と毛皮、角の加工品を名産品として輸出……』とか呟《つぶや》いていたけれど、そうか、そう言えば、角ウサギの番《つがい》を贈ったんだった……。

メチャクチャ繁殖力が強いし、人を襲うからね、そいつら。お願いだから、逃がして野生化して、地球の生態系を崩すようなことにはしないでよ。

そして、言葉が通じる相手が私しかいないから、ずっと3人で喋《しゃべ》りっ放し。

王様達、いい人なんだけど、この旅行には自国の利益が懸かっているから、なごやかな話の中で、結構激しい攻防戦が。

「あの帆船の修理、我が国がお手伝い致しましょうか？　船大工を派遣しますぞ。代金は金塊や宝石、珍しい動植物のサンプルで戴ければ……」

「ふむ、それは良い考えじゃの。帆布とか索具とか、経験のない国がイチから作るのは難しかろうて」

官僚さんと王様の、ワンツーパンチ。

「いや、おふたりのお国、大型帆船の建造技術なんかないでしょう？」

そう、今でも大型帆船を建造したり運用したりしているのは、余裕のある国が中心だ。日本、英国、米国、ロシア、ドイツ、ポーランド、メキシコ、ノルウェー、オランダ等……。中には、都市とかの地方自治体で持っているところもあるけれど……。

とにかく、途上国だから帆船の技術が残っている、というものではない。余裕のない国は、第二次大戦で使われていた老朽駆逐艦を屑鉄《くずてつ》価格で買い取って使っていたりする。

……って、さすがにそれらはもう引退してるかな。とにかく、伝統技術と熟練技師が必要で、実戦力としてはまともな戦闘力ゼロの帆船を新造したり運用したりできるのは、そういうことにお金を廻《まわ》せる余裕のある国だけだ。

ということは、他国から技術者を引き抜いて、『中抜き』をするつもりとしか思えない。

「……」

「「…………」」

「「「……………」」」

いや、ま、いいけどね。元請け、下請け、孫請けっていうのも、業界の仕組みに過ぎないんだから。それもまた必要なシステムであり、別に悪いわけじゃない。

ただ、私が、契約するならなるべく中間業者をあまり挟まずに、実務会社と直接契約したいというだけだ。間に色々と挟まると、こっちの意図が末端まで伝わらなかったり、余計な障害が発生したり、高くついたりするからね。

その他にも、農業支援の必要はないか、武器の提供もできるぞ、とか言われたけれど、どうせ倉庫に眠っている旧式武器の在庫一掃セールとかを狙っているのだろう。

別に悪気があるわけではなく、この世界ならばそういう武器でも充分役立つであろうこと、最新武器は高いし手入れが大変なこと等で、それが我が国にとって最良の選択だと、本当にそう思っての提案なんだろうけどね。この程度の文明レベルなら、M-16よりM-1ガーランドの方が良いのでは、と考えるのは、別におかしくはない。

まぁ、そういう様々な御提案を躱《かわ》し、いくつかの参考意見は要・検討、そして3つ程、取引してもいいと思える申し出があった。あくまでもうちの領地との取引であり、国とは関係ないけどね。

しかし、うちの製塩設備が思ったより進んでいたのは、アテが外れたらしい。どうやら、そのあたりで食い込みたかった模様。

ふはは、我が祖国、日本の製塩技術は世界一ィィ！

そりゃ、もっと進んだ方法はあるだろうけど、ここの科学技術で可能であり、充分な利益を生むペースで必要量を賄えている、という時点で、地球の技術支援が継続して必要になる方法を導入するメリットなんかゼロだ。

そして、何やかんやで夜も更《ふ》け、続きは翌日に。

＊　　＊

異世界旅行2日目は、王都見物だ。

そりゃ、こんな田舎町を見ただけで終わったら、クレームものだ。

「…………転移！」

勿体振《もったいぶ》った呪文をしばらく唱えた後に、連続転移で王都の『雑貨屋ミツハ』……、いや、『ヤマノ子爵家王都邸』へ。

呪文は、私が転移するためには少し準備時間がかかる、という嘘情報を広めるため。

そう思わせておけば、私が襲われた時に、敵の隙を衝くチャンスが多くなる。……うん、こういった地道な下準備が大事なんだよね、安全のためには。

「ここが、我が領の王都邸です。お店を兼ねていますが……」

転移は、1階のカウンターの前へ。3階は私のプライベートスペースだし、防犯システムを解除するのも面倒だから、上の階には立ち入らせない。

店内は、何の変哲もない『地球の、田舎町の雑貨屋』と同じなので、そのまま何の説明もなく外へ。

「おお……」

街並みは、現在の地球でも、ヨーロッパの田舎町へ行けばあるかも知れない、という感じ。だけど、剣を佩《は》いた冒険者……、いやいや、傭兵《ようへい》とか兵士とかが歩いていたり、肉屋の軒先にはオークの面皮が吊《つ》り下げてあったりして……、って、いや、沖縄で似たようなの売ってたな、牧志《まきし》の公設市場で。量《はか》り売りの単位が『1斤《きん》いくら』だったのには参ったけどね。どれくらいの量だよ、『1斤』って！

とにかく、それなりに『異世界情緒』を感じられるので、王様達は、ほぅほぅ、と言いながら、キョロキョロとあたりを見回している。

いくらお年寄りとひ弱そうな男性がお上りさん丸出しでふらふらと歩いていても、チンピラに絡まれる心配はない。……うしろに私がついてるからね。

少なくとも、王都で私に喧嘩《けんか》を売ろうとする者はいない。いや、王都以外でも、私のことを知っている者ならば……。

そして、王都の名所とか私の行きつけの店とか、あちこちを御案内。

それなりに楽しんでくれているようだけど、ふたりとも、時々、鋭い眼で何かを注視している時がある。多分、何か自国にメリットがあるかも知れないネタを見つけて、脳内で検討しているのだろう。

お、ぼちぼち昼前だ。そろそろ……。

「あ、いた！」

うん、来たな、サビーネちゃん！

一見ひとりに見えるけれど、実際には隠れ護衛が何人か付いているはず。

王位継承順位が低いサビーネちゃんの場合、殺害してもメリットのある者はいないから、王様を、そして私を激怒させるような危険を冒す者がいるとは思えない。だから、サビーネちゃんが襲われるとすれば、それは『誘拐』であり、それならば、護衛が数メートルくらい離れていても大丈夫……、なのかなぁ？　う～ん、よく分からない。

まさか、敵対者を炙《あぶ》り出すための餌にされているわけじゃないよね？　あの王様達がそんなことをするとは思えないからね。

まぁ、それも、私からの本気の報復を覚悟してそんなことをする者がいるとは思えないけどね。

……それはともかく。

「よし、じゃ、行こうか！」

うん、今から、サビーネちゃんの案内で王宮行き。王宮見学と、せっかくだから、うちの王様と会ってもらうのだ。

私の国の王様と会った、というのは、地球で他国に対しての大きなアドバンテージになるだろう。

実質的なメリットは何もないけれど、他国にそう思わせることができれば、国の立場が強くなる。

それに、学者や先の長い若い官僚ではなく、王様にこの旅行の権利を贈った国民達に、その判断が間違っていなかったということを示したいから。訪問者が王様ではなく平民の官僚や学者とかだけなら、うちの王様が会うことはなかっただろう、って私が言えばいい。

そして、別にサビーネちゃんが案内してくれなくても、私がエスコートすれば王宮には入れるだろうけど、ま、サビーネちゃんがやりたがったから……。

勿論、うちの王様にはちゃんと事前にアポを取ってある。さすがに、いきなり他国の王様を連れて王宮にアポ無し突撃はやらないよ。

……というか、王様、王様って言ってると、どっちの王様か分かんないよね。うちの王様のことは『陛下』、旅行に招待した方は『王様』ってことで、言い分けて考えよう。

「こちら、この国の第三王女、サビーネ殿下です。皆さんのエスコートに来て下さいました」

「おお、これはこれは！　可愛い王女殿下にエスコートして戴けるとは、光栄の至り……」

王様が何を言っているかは分からないだろうけど、雰囲気や言葉の抑揚《よくよう》から大体の意味を察したであろうサビーネちゃんが、可愛らしくカーテシーで礼をとった。

このあたりの対応が、さすがサビーネちゃんだ。本気で『王女様モード』になった時のサビーネちゃんは、『雑貨屋ミツハ』でゴロゴロしたり甘えている時のサビーネちゃんと同一人物とはとても思えない。

ま、それだけ私に心を許してくれているということだろうから、ちょっと嬉しいような……。

まずはサビーネちゃんの案内で王宮を見て廻り、その後、昼食会。

うちの陛下に、『私の母国の近くの、お世話になっていた国の王様が私の様子を見に来る』と言ったところ、是非連れてきてくれ、と言われたんだよね。

初めは『歓迎パーティーを！』とか言ってたけど、そういう大袈裟《おおげさ》なのはやめてくれ、とお願いして、昼食会と、その後の懇親会に落ち着いた。『せめて晩餐会を』と食い下がられたけれど、貴族が大勢やってくるのは勘弁して欲しい、と言って突っぱねた。

だって、話しかけてくるであろう全ての言葉と、それに対する返事を、いったい誰が通訳すると思ってんだよ！

そういうわけで、昼食会と懇親会。

どうせ会話は私の通訳頼りなので、おかしな情報が漏れる心配もない。

そして、食事中は他愛のない世間話や私のこの国での活躍について話す陛下の言葉を、都合の悪いところはカットや大幅改変して王様達に通訳して、一応は楽しい時間を。

食後の懇親会は、陛下御一家（長男は不在）と宰相のザールさん、その他大臣が3人と、少人数での茶話会《さわかい》。

……うん、誰も国家間交流や貿易の話をするとも、その仲介をするとも言ってないよ。なのに、どうしてそっちの方に話を持っていこうとするかなぁ……。

いや、魂胆《こんたん》は分かるけどね、勿論。

陛下側も王様側も変に乗り気だし、勝手に話を進められても困るよ。

くそ、一介の子爵風情じゃ国王同士の話を邪魔するわけにはいかないけれど、それは『普通であれば』、だ。そして勿論、私は普通じゃない。

「王様、勝手にそんな約束をしても、誰がそれを運ぶのですか？」

「うっ……」

「陛下、複雑な機械は、こまめに整備しないとすぐ故障しますよ。誰がそれを直すのですか？」

「うっ……」

「そもそも、互いの契約書の文字も読めないくせに……」

「「ううっ……」」

よし、勝った！

勝手に話を進めるな、と釘《くぎ》を刺して……、って、勝手にも何も、私が通訳しなきゃ、話の進めようもないか。片言の英語が喋れるようになったサビーネちゃんやコレットちゃんが私を裏切るとも思えないし、そもそも、私が転移を引き受けなきゃ、どうしようもない。

陛下が立場を利用しておかしな命令をし始めたら、私はこの国を捨てて、他国へ本拠地を移す。

陛下もそれは分かっているだろうから、そんなことをする可能性は皆無だけどね。

ま、クーデターが起こって、野心家が王位を簒奪《さんだつ》でもしたら、そういう目もあるかも知れないけれど……。


そういうわけで、懇親会も無事終了。

「いやぁ、楽しかったのう……」

あれ、自国の利益になるわけでもない、文明レベルの低い異世界の国の国王なんかと話したって、何も得るところはないんじゃないかなぁ。退屈だったんじゃないかと心配してたんだけど。

そりゃ、昼食会や懇親会とかでは楽しそうだったけど、それは社交辞令的なものであって……。

私がこれをセッティングしたのは、今回の訪問旅行のことを知った陛下の方から強く要望されたことと、『うちの陛下と会って、会談した』ということが王様の手柄として国民や他国へのアピールになれば、って思ったからだ。陛下はいい人だけど、文明背景の全く異なる初対面の者が通訳を介して少し話したところで、そう楽しいとは思えない。

「そうでございますね。我が国の、数十年前の姿を見るようで……。陛下も、お懐かしゅうございましたでしょう……」

「うむ。この国の王も、儂と同じようなことで悩み、同じようなことで苦しんでおられるようじゃ。いや、懐かしいわい……」

あ。そういえば、確か王様は若くして王位を継がれたんだったな。

その当時は、資源も碌《ろく》にない、『開発途上国』とすら言えない、全く開発される様子もない取り残された小国だったらしい。

40~50年前のこととはいえ、世界には、電気もガスも水道も通っていないところなんか、いくらでもあった。……いや、今現在ですら、そういうところは世界中にたくさんあるだろう。

1回目の異世界懇談会《イセコン》に招待する誠実そうな小国を選んだ時、勿論、各国の指導者についても調べた。それによると、王様は20代半ばで王位を継ぎ、旱魃《かんばつ》や病虫害による飢饉《ききん》で餓死者が出たり、疫病が流行《はや》ったり、周辺国やら、そのバックについた大国の思惑に振り回されたりと、苦労の連続だったらしい。

その、昔の自国の姿が、兵士が持つ武器が剣か手動式連発銃《ボルトアクション》かの違いくらいしかないこの異世界の国と重なって、懐かしく思えたのだろう。

そして、ようやく自国が4流国の末席あたりに手が届きそうになった今、人生の全てを国と国民に捧《ささ》げ、おそらくは実年齢より遥《はる》かに老けて見えるくらいボロボロになって、今なお残る、多くの国民達の命を奪った風土病で、間もなくこの世を去るであろう王様。

　願わくば、どこかの神様の目に留まって、チート能力を貰って異世界に転生して、今度は他人のためではなく、自分のための人生が歩めますように……。


「では、最後は、旅行における恒例、お土産購入の自由行動です」

　いや、自由行動とは言っても、勿論安全確保と通訳のため、私がくっついているんだけどね。私が連れ回すんじゃなくて、私が自由に行動する王様達についていく、という意味だ。

　昼食会と懇親会で割と時間を使ったから、店が閉まり始める日没までには、あと2～3時間くらいしかない。会話をいちいち私が通訳しなきゃならないから、時間を喰《く》ったのは仕方ない。

「これをどうぞ」

　そう言って、私は懐から取りだした巾着袋の口を開け、中から硬貨を取りだした。そしてそれをふたつに分けて、王様達に差し出した。

「この国の貨幣です。おふたりに、それぞれ銀貨5枚ずつ。銀貨1枚が、およそ10ドルくらいの価値になります。……但し、肉や野菜は安く、道具類や衣服とかはバカ高いですからね。工芸品とかは、ピンキリです。よく考えて、お好きなものをお土産に購入して下さい」

「……小遣いか！　おやつは2ドル50セントまでか!!」

　そう言って、破顔する王様。

官僚さんも、何やらにやにやと笑っている。子供の頃のことでも思い出したのかな？

ま、ふたり合わせて銀貨10枚、１００ドル相当だ。大したものは買えまい。あまりたくさんのお金を渡して、色々なものをガッポリ買われたんじゃ、こっちの都合が悪いからね。本当に子供の小遣い程度の金額だけど、それで我慢してもらうしかない。

「これを貰おう！」

そして、最初にはいった武具店で、いきなりナイフを買おうとする王様。

いや、さっき言ったじゃん！　そういうのは高い、って。地球でも、50ドルや１００ドルじゃ買えないよ、そんなの。しかもそれって、私が地球で見たことのない金属のやつじゃん。

いや、確かに、私は地球の金属を全部知ってるわけじゃない。

金はこっちで金貨を手に入れるまでは触ったこともなかったし、プラチナは指輪のカタログで見た程度。コバルトなんか見たこともないし、ルビジウム、フランシウムとか、名前しか知らない。

いや、そりゃ、そうと知らずにどこかで見た可能性は、ゼロじゃないけどさ。

……でも、これは、多分違う。

ナイフに加工する金属なんて、その用途による材質特性や材料費、加工難度とかから、大体は限られているはず。そして、この見た目と軽さ。

……多分、『地球では有名じゃないやつ』だよね、コレ……。

とにかく、私が渡した金額で買えるようなものじゃない、ってことだけは、間違いない。

というか、こういうのを防ぐための、『ふたり合わせて銀貨10枚』なんだから……。

高くて買えないよ、と言っても、王様が、とにかく値段を聞いてくれ、と言うものだから、店の主人に聞くだけ聞いてみた。そして、やはり銀貨10枚ぽっちではお話にもならない価格だったため、それをふたりに伝えると……。

王様が、懐から巾着袋を取りだして、金貨を数え始めた。

「よし、これでいいか？」

「え？」

固まる私に、にっこりと微笑みながら王様が告げた。

「異世界に行くのじゃから、現地の通貨を用意するのは常識じゃろう？　数万枚単位で出回っておる金貨なんじゃから、金さえ惜しまねば、それなりに買い集められるものじゃぞ？」

そう言って王様が私の眼前に突き出した巾着袋は、まだ大きく膨らんでいた。

「陛下、急ぎませんと！　鉱物、植物の種、動物の肉、その他諸々、持てる限り買い込みますよ！　生きた動物はこの短時間では難しいでしょうから、なるべく原形のままのものを肉屋で手に入れましょう。DNA解析して……」

官僚さんが、そう言って王様を急《せ》かす。

「や……」

「「や？」」

「やられたあああぁ～～!!」

＊　＊

そして、数時間後。

買い込んだ大量の『お土産』を背負い、ホクホク顔の王様と官僚さん。

……くそ！

でも、それは私が取引条件として渡したものじゃないから、私が同じものを他の国への取引に使っても構わない。そして、ふたりには、他国へのそれらの提供禁止。また、あくまでもそれらの権利はこっちにあるものとして、金のタネになる発見があった場合にはロイヤリティを払ってもらう、ということで、一筆書かせた。

勿論、それらのものを転送することを拒否する、ということもできたけれど、そこはアレだ。一本取られた、ということで、潔《いさぎよ》く負けを認めるのが、良《い》い女ってもんだ。

それに、どこの国に提供しても、私にとってはあまり変わらないしね。超大国に提供して、その国の国内総生産《GDP》が０・０００１パーセント上がるより、新興国の国内総生産《GDP》が10パーセント上がる方がいいだろう。

この世界からの、王様へのお土産だ。ええい、持ってけ、ドロボー!!

「じゃ、行きますよ！」

地球への転移。

……そして、旅の終わり。

王様の病気がどんな病気なのかは知らない。

そして勿論、地球から転移する時に、異世界に地球の病原体や寄生虫の類いを持ち込ませるわけにはいかないから、それらのものは除外して転移した。

異世界から地球に戻る時には、それに加えて、私が自分ひとりで転移する時にたまにやっていること、つまり『体内に蓄積している毒素や有害物質等を除外して転移する』というのをやった。

時々やっていることだから、習慣的にやっただけで、深い意味はない。

それに、『異世界に行ってから、体調が悪い。何か、空気か水、食べ物等に身体に悪い成分があったのではないか』とか言われて悪評が立ったら大変だからね。

願わくば、人生を国に捧げた王様が、自国が発展し、捧げた努力が大輪の花を咲かせる姿を見られますように……。

第五十五章　謎のギャラリーカフェ

異世界旅行も無事終わり、今日はギャラリーカフェ『Ｇｏｌｄ　ｃｏｉｎ』の営業時間外視察。

前回は営業時間内の視察だったけれど、経営面のこと、ルディナ達が困っていることがないか等、やはりそういう面のフォローは必要だろう。

お店を丸々任せておいて、お金だけ吸い上げる、ってのは、ちょっと問題がある。私は出資者《スポンサー》ではなく、店の持ち主《オーナー》なんだからね。


そういうわけで、やってきました、ギャラリーカフェ『Ｇｏｌｄ　ｃｏｉｎ』。

今回は、夕方の部終了の40分前、つまり19時20分に店に入った。食事して、そのまま最後まで居座り、他の客が帰るまで待っているという寸法だ。そして、その後、お店の運営会議。

ふたりの夕食が遅くなるけれど、私を待たせて食事、というのは落ち着かないだろうし、私が帰った後で、ふたりで色々と会議の結果について話しながらゆっくりと食事する方が、本人達も気が楽だろうからね。

空いているカウンター席に座り、メニューを開いて、と。

………。

前回は気付かなかったけれど、メニューの品が、何か『カフェ』らしくない。

ここは、一応は『ギャラリー・カフェ』なのである。ギャラリーを兼ねた、カフェ。

そしてカフェとは、飲み物や軽食を提供し、客達がお洒落《しゃれ》な会話を楽しむお店ではないのか。

……しかし、この店のメニューは、ガッツリし過ぎている。

トースト、パスタ等の、名前を聞くと『軽いもの』らしきものもある。しかし、メニューの写真やイラストを見た限りでは、少々、量が多い。

トーストは、厚切りらしき食パンが7～8枚くらいに、サラダと茹《ゆ》で卵と、ミルクをかけたシリアルがどんぶり1杯分くらいと、更にリンゴとバナナが付いている。

パスタは、乾麺３００グラムくらいを茹でた量、つまり日本人ならば３人前と考える量。

どんぶり2杯分くらいはありそうな、雑炊。

かなり大きなのが3個もある、ふかし芋。

カフェというものは、決して大食いをするところではないはず。

もっとこう、粋《いき》で、お洒落で、可愛くて、少女やＯＬのお姉さん達がいて……。

そして店内を見回す私の眼に映るのは、コーヒーやジュースを片手にショートケーキを味わう女性達ではなく、大盛りのメシをかっ喰《く》らう、むさいおっさん達……。

……つまりここは、『カフェ』というより、大衆食堂なのではないだろうか……。

「あ、チャーハンをお願いします」

例によって、無言のまま水のはいったコップを突き出してきたシルアにチャーハンをオーダーし、こくりと頷《うなず》いたシルアは、厨房《ちゅうぼう》の奥に向かってオーダーを通した。

「オーナー、入りま〜す！　チャーハン1丁！」

……ちゃんと声が出せるんだから、お客さんにも話し掛けようよ……。

チャーハンを頼んだのは、料理のレベルを確認するためだ。

いや、冷凍食品なのは分かってる。高火力の業務用コンロと大きな中華鍋で作る本格的なチャーハンが、素人料理レベルのルディナに作れるとは思えない。しかも、この国の者にとって、中華料理はあまり馴染《なじ》みがないと思うし……。

なので、冷凍食品に違いないけれど、それをどれくらいの出来に仕上げているかということだ。

冷凍食品であっても、調理の仕方によって、美味しくもなれば、不味くもなる。そう、料理人の腕を見るのである！　……冷凍食品で。

あんまり意味がなさそうだなぁ。


そして出てきた、大盛りチャーハン。

いや、頼んだのは普通のチャーハンだけどね。ただ、大きめの皿に思い切り盛ってあるだけで。

スプーンでひと掬《すく》い。そしてパクリと口の中へ。

「おお？　おおおおお！」

美味しい！　予想していたより、遥《はる》かに美味しい！

御飯の粒に卵の皮膜をかぶせ、ご飯がベタベタの団子状になるのを防ぐと共に、油の吸収を防いでいる！　これは、玉子を鍋に入れてから熱で固まるまでの間、僅か10秒以内に御飯を投入して攪《かく》拌《はん》、全体に均等に混ぜ合わせるという技術なくしては成し得ぬ技！

こっ、これは……。

何と、自家製だったかと驚いて、後でルディナに聞いたところ「冷凍物ですけど？」と言われた。

何でも、飯粒にラードなどの食用油脂を機械で噴霧してから冷凍することで、家庭料理どころか中華料理店並みの御飯のパラパラ感を実現しているらしい。多くの店ではこの業務用のものを使っており、下手に自分の店で作っているところより美味しくて、真面目な店が半泣きらしい。

なので、業務用冷凍食品を活用している店の大半にはこのメニューがあるそうな……。

こんな国でチャーハンがメニューにあるのを少し不思議に思っていたけど、そういうわけか。

母親の手作りより美味しい冷凍食品。

う～ん、何だかなぁ……。

科学の進歩、恐るべし！

そして大盛りチャーハンを平らげた私は、まだ数人残っているお客さんの目を盗んで、従業員用のドアをくぐり、２階への階段を上った。

＊　　＊

「では、ギャラリーカフェ『Ｇｏｌｄ　ｃｏｉｎ』の営業会議を始めます。遠慮しないで、何でも自由に話してね。でないと何の意味もないし、お店にとって良くないことだから。言いにくいこともはっきり言う、というのがこの店のためであり、私のため、そしてみんなのためなんだからね。今は、本音を喋《しゃべ》るのが仕事、と考えてね」

私の言葉に、こくりと頷くふたり。

真面目そうなふたりのことだから、ここまで言われれば、ちゃんと喋ってくれるだろう。

「……で、まずはルディナに質問。売り上げ状況はどうなってるかな？」

「黒字です。勿論《もちろん》、備品その他の初期投資分は別にしてですが、原材料費、消耗品、光熱費その他の必要経費プラス、私達の基本給。それらを引いても、充分な黒字です。あとは、備品の減価償却をどれだけ考えるかで……。あと、この店の家賃とか、色々……」

そう言いながら差し出された帳簿に目を通すと……。

「おおお、まさか、こんなに黒字になるとは！　あ、この店は賃貸じゃなくて私の持ち物だから、家賃は考えなくていいからね！」

「え……」

あ、自分の持ち物でも、大金で買ったわけだから、減価償却はあるか。

ま、固定資産税も払わなくていいんだから、大したことじゃない。小さいことは気にしない！

それに、ここは日本への偽装送金用と、万一の時のための避難場所《シェルター》として使うのが主目的だ。カフェはあくまでもオマケに過ぎないから、赤字でも構わない。『あれで、どうして潰れないんだ』

と周囲の人達から疑問に思われ、怪しまれる程の惨憺《さんたん》たる経営状態でさえなければ、それでいいんだ。これだけ儲《もう》かっていれば、充分！

……というか、これ、『黒字分の1割』っていう歩合給《ぶあいきゅう》が発生する売り上げだよね？

あ、私が帳簿から顔を上げてふたりを見たから、考えていることを読まれたか？　ふたりの口元が、ヒクヒクと引き攣《つ》っている。

絶対、笑顔になるのを抑えてるよね、アレ……。

そうか、歩合給が貰《もら》えるのを確信してるか……。

いや、出すけどね、勿論。

ん？　この数字は？

私が首を傾げていると、ルディナが覗《のぞ》き込んで、説明してくれた。

「あ、それ、美術品の売り上げです」

「えええええ～っ！」

……って、何、驚いているんだよ、私！

売るために展示してるんだから、売れて、何の不思議があるんだよ。

……でも、売れたかぁ……。

いくら本職とはいえ、全然売れていない新人さんの作品だからねぇ、ロルトールさんも、ティラスさんも。しかも、異世界の製作者さんだから、地球とは感性が違うかもしれないし。

そうか、売れたかぁ……。

ん？　この、W、S、Mという印は……。

「あ、それ、売れた作品の種別です。ウッド、ストーン、ミステリーの別で……」

おお、ロルトールさんの木工彫刻、ティラスさんの石材彫刻、そして……、ミステリー？

「えと、ミステリー、って……」

「あ、どうやって創ったか分からない、不思議製品群のことです。石のも木のもありますけど、明らかに他の彫刻を創ったのとは別の人ので、石も木も同じ人が作っていますよね？」

……ま、実物を見れば、子供にでも分かるか。

でも、私が創ったやつも、結構売れてる。

くふ。

くふふふふふ……。

図画工作や美術が最低点だった、この私の作品が。

芸術作品として、結構な値で売れている。

ふふ。ふふふふふ……。

って、嬉《うれ》しかないよ！

これって、ただ単に、作り方が分からない不思議製品として、キワモノとして売れてるだけじゃん！

いや、それを狙って創った私が、文句を言う筋合いじゃないけどさ。

う〜ん、嬉しくもあり、嬉しくもなし……。

売れた彫刻その他は、勿論、日本の『彫刻　コレット』から正規の手続きで航空便で送ったやつである。これで、商品の流れの実績ができた。あとは、『Ｇｏｌｄ　ｃｏｉｎ』が不良在庫を抱えようが、仕入れ値より安い価格で売ろうが、問題ない。『販売実績ができた』ということが大事なのである。

これで、商売の説明をする時に、嘘《うそ》ではなく、本当の話ができる。……意図的に喋らないことがあっても、それは『嘘』じゃないからね。

そして、私の作品もちゃんと売れるという実績ががが！

「よしよし。よしよしよしよしよし！」

にやにやと笑いながら、満足そうに頷いている私を見て、ルディナとシルアも、何だか喜んでくれているようだ。……判りづらい表情だけど。

私の日本でのお店（自宅を所在地にした、名ばかりの自営業）、『彫刻　コレット』からこの店が買った金額、つまり仕入れ値の10分の1の価格だけど、向こうの世界での相場くらいの値付けだから、製作者のふたりも満足してくれるだろう。

ま、私がふたりから買った価格と、ここでの売り値とは全く関係ないんだけど。

よし、金銭的な経営状態の次は、お店の営業状態の確認だ。

「営業については、どう？　困ったことや改善案とかはない？　問題のあるお客さんがいて困っているとか……」

「「…………」」

おや？

何かあるのかな……。

「特にありません」

ルディナが、ふたりを代表してそう答えたけれど……。

いやいや。

いやいやいやいやいやいや！

絶対、何かあったでしょ、さっきの『間』と態度から。

「ちゃんと言う！」

私が本気で睨《にら》むと、一瞬、やべ、というような顔をして、ルディナが話してくれた。

「ええと、女性ふたりなので甘く見たのか、食事に異物がはいっていたとかの言い掛かりをつけて『慰謝料を寄越せ』とか言ってくるお客さんが、何人かいまして……。

何か、綺麗《きれい》に料理を平らげたあとの、何も残っていないお皿の上に、料理の色が付いてもいない虫が原形のままちょこんと載っていたりしまして……」

「ああ、そういうのは『お客様』じゃないから、排除していいよ。二度と来てもらわなくて構わない……というか、来ない方がいいからね。筋の悪い者が出入りしていたら、普通のお客さんが減っちゃうから。

で、しょっちゅう来るのかな、そいつら。私が排除しようか？　一応、警察には顔が利くんだよね、私……」

ルディナとシルアを護《まも》るためなら、コネでも何でも惜しみなく使うよ。コネとお金は、使ってナンボ、だからね。使うべき時に使わねば、意味がない。

アレだ、『今使わずに、いつ使うのだ！』ってやつだ。

「いえ、それはもう終わりました。シルアがフォーク……ランド諸島で、いえその、フォークダンスで……」

……うん、全てを理解したよ。

あの穴の謎も、何もかも……。

「うん、フォークダンスを踊って、納得して戴いた、ということかな？」

こくこくこく！

必死で頷くふたり。

そんなわけ、あるか～～い！

まぁいいや。深く考えるのはやめよう。

多分、フォークがダンスを踊ったのだろう。カウンターテーブルの上とか、宙を舞って扉の付近へ、とか。うん、フォークダンスで納得してもらえたのも、無理はないな。

よし、この件は、ここまで！

「……で、結構繁盛してるみたいなんだけど、何か理由があるの？」

ストレートにそう聞いた私に、ふたりの答えは。

「……料理が美味しいから？」

「……ウェイトレスが可愛いから？」

うん、原因は不明か。

「その他、事故や事件、高価な備品の損失とかは……」

「販売用展示美術品の窃盗未遂2件、お客さんのバッグの窃盗未遂1件、みかじめ料の要求1件がありましたが、全て犯人は捕らえて警察に引き渡しました。フォーク……伝承民俗学《フォークロア》的な方法で……」

はいはい、扉のところの穴ね……。

何だか、意地でもフォークのことは誤魔化すつもりらしいけど、別に気にしないのにな、そんなの……。

ま、普通の女の子ならドン引きかも。だから、私が怖がるとでも思って、心配してるのかな。

大体、私はこの国にいる時には腋《わき》にワルサーＰＰＳを着けているのに、投げナイフや投げフォークくらいじゃ驚かないよ。

あ、勿論、銃の携帯許可は取ってる。正式に申請したわけじゃないけど、頼んだらすぐにくれたよ、政府の人が、直々に。だから、日本以外の国にいる時には、銃を身に着けたままの場合が多い。

勿論、携帯許可を貰っていない国では、ちゃんと法律内に収まる装備しか身に着けていないよ。スタンガンとか、刃渡りが規則内の長さしかないナイフとかね。

しかし、どうしてフォークなんだろう。命中精度や攻撃力から考えれば、同じ食器でもナイフの方が……、って、そうか、ナイフだと、いかにも『殺傷武器』って感じがするから、他のお客さん達の心理的なことを考えて、わざとフォークを使ってるのか！　うむむ、やるな、シルア！

「……しかし、この街の警官は、大半がルーサス一家《はんざいそしき》の者には手出ししないはずなんですけど、その名を名乗ったチンピラ達も普通に捕縛していましたし、その日のうちに、割った食器の弁償金が支払われました。不思議です……」

そう言って、首を傾《かし》げるルディナ。

うん、まぁ、地元を仕切る犯罪組織よりも、国の情報部や特殊部隊の方がヤバいと思ったんだろうな、警官や、その上司達は。

多分、そのルーサス一家とやらにも、『あそこには手を出すな』という指示がいったのだろう。でないと、そんなに早く、いきなり賠償金が支払われたりするはずがない。

ま、これでルディナとシルアの安全性がかなり増したと考えていいだろう。うむうむ。

……待てよ？

この店にお客さんが多い理由って、もしかして、『安全だから』か？

窃盗事件も、チンピラが騒ぎを起こしても、犯罪組織の一員が因縁を付けてきても、店員が全てを排除し、客の安全を守ってくれる。そして、なぜかここで起きた事件に関しては、犯罪組織の圧力や脅し、賄賂等で骨抜きのはずの警察が、まともに機能する。

ここは、水と安全はただ同然、というのが当たり前の日本じゃないんだ。だからこの店は、暴力や犯罪から身を護る術《すべ》のない普通の人々にとって、心から安心して過ごせる場所なのではないだろうか。

そして……。

ちらりと、ふたりの顔を見た。

決して凄い美少女というわけではないが、13歳という年相応の可愛らしさとひたむきさを備えた、天涯孤独で真面目な少女、ルディナ。

無表情で何を考えているのか読めないけれど、それなりに誠意と真面目さがあるような気がする、17歳のシルア。

漏れ聞こえたお客さんの話によると、ごく稀《まれ》に、本当にごくごく稀に、作り物ではない本当の笑みを漏らすらしい。……その道の専門家にしか判別できないらしいけど。

って、『その道の専門家』って、誰やねん!!

……ま、特に問題はなさそう、ってことだ。

私の、資金洗浄場所兼緊急避難所《シェルター》、ギャラリーカフェ『Ｇｏｌｄ　ｃｏｉｎ』。

再び、しばらく放置しておいても大丈夫だろう。

もし何かあれば、この国の情報部から、隊長さんのところへ連絡が来るだろうし。

よし、あとは任せたよ、ルディナとシルア！

……あ、歩合給の分、給与を振り込まなくちゃ。

固定給の部分は自動振り込みにしてるけど、さすがに、歩合給の分は自動にはできないよねぇ。

盗人捕縛手当《ぬすっと》とかも付けた方がいいのかな？

ま、大きな問題はなさそうで、何よりだ。

「じゃ、他に要望事項とかは……」

「あの……」

おや、シルアが、何やら言いたいらしい。

「何かな？」

「あの、私もここに住み込みにさせてもらえないでしょうか……」

おお、そういえば、家賃光熱費全て無料《ただ》のルディナと、それらが全て自費のシルアとは、実質的な手取り額にかなりの差が出ちゃってるんだった。いや、それでも、このあたりの相場と較べれば、かなりの好条件らしいけど……。

それ、是正しなきゃ、って思ってたんだよなぁ。

2階の部屋も空いてるし、夜警代わりなら、ひとりよりふたりの方がいい。

……よく考えたら、若い女の子がひとりで泊まり込んでるお店とか、おかしなのに眼を付けられたら危ないじゃん！

その点、ふたりで、しかも片方が護身術ができるシルアなら、安全性が増すだろう。水道費や光熱費の増加分なんか、営業時間内にかかる分に較べれば、微々たるものだ。それに、従業員の安全は、端金《はしたがね》と較べられるようなものじゃない。

「承認！」

よし、これで、またしばらくはふたりに全部任せられる。

……人、それを『丸投げ』と言う！

第五十六章　チェルシー・テラワロスへの道

「ロルトールさんとティラスさんの作品、３つずつ戴きます」

王都で、ギャラリーカフェ『Ｇｏｌｄ　ｃｏｉｎ』で売れた分の彫刻を補充。

ふたりの作品は、私がふたりから直接買うのではなく、あの個人経営の小さな美術店に置いてある品から買うことにしている。そうすれば、ふたりの作品がこの世界でも展示されて、うまくすると他の人に売れるかもしれないから。

あのふたりにとっては、やっぱりこの世界で作品が売れて名が広まる方がいいからね、どう考えたって。

私は、まだ売れていない物の中から選んで買えばいいだけだし、商品として店に陳列されているものを買った方が、宣伝にもなるだろう。あの作品をヤマノ子爵が購入した、ってことで。

それに、美術商のおじさんにも、少しは儲《もう》けさせてあげないとね。小さな店なのに、売れない新人芸術家の作品で店の陳列棚をあんなに塞いだら、碌《ろく》な稼ぎにならないだろうからね。

売れない新人芸術家をそっと支える、小さな美術店の店主。

いいねぇ。『ジェニーの肖像』の世界だよ、素敵だねぇ。

これで、みんな幸せ、WIN-WINだよ！

……とか考えていたら、サビーネちゃんが『雑貨屋《おみせ》ミツハ』にやってきた。

「姉様、レミア王女から、むせんきで支援要請が！」

「ええっ！」

隣国、ダリスソン王国に潜在する反対勢力は、みんな纏《まと》めて一掃したはず。ならば、他国からの侵略？

新大陸からの侵略に備えるために大陸中の国が一致団結しなきゃならない、この大事な時に？

くそ、どこの馬鹿国家が……。潰してやる！　潰してやるぅ!!

「リバーシの大会を開こうとしたら、思わぬ大反響で製造が追いつかず、そして大会開催のノウハウもなくて勝手が分からないので、手伝って欲しい、って……」

……知らんがな……。

そして、勝手に製造しとるんかい……。

他国じゃ、大会への参加権とか姫巫女《ひめみこ》様の天罰とかの効き目が薄いから、シェアを奪われちゃうかも。失敗したなぁ……。

ま、商人か誰かの手によって、とっくにうちの国から持ち出されているだろうから、元々、時間の問題だったか。まあ、リバーシはともかく、カードは実用に耐えるものは製造できまい。

でも、先を越されたら大変だから、カードの製造を急がせなくちゃ……。

王様に……というか、国に、『イーラス』を売った。ま、そこそこの値段で。

あの国、ヴァネル王国にとっては廃艦処分相当の粗大ゴミであっても、うちの国にとっては、最新技術の習得、そして修理という『ゼロから始めるよりは、遥《はる》かにハードルが低い大型艦建造』という絶好の教材だ。ヴァネル王国にとっては『イーラス』を修理するより新造艦を造った方が簡単で安上がりだったとしても、うちの国にとっては、そうじゃない。

販売代金は、私の個人資産ではなく、子爵領の金庫へ。

まぁ、仕方ないよねぇ。領地の予算と領主の個人資産は別にしないと、領主が代わった時に領地の全予算を前領主に根こそぎ持っていかれたりしたら、領地が潰れちゃうよ。

本当は、私の個人資産にしてもいいかなぁ、と思わないでもなかったんだけど、地下資源の調査だとか、製鉄の可能性調査だとか、漁船の建造、漁網の生産等、資金を注ぎ込みたいことはいくらでもある。ここは、涙を飲んで……。

＊　＊

そして、お金とは別に、イーラスを売ることに対する交換条件を出した。

いや、以前から言ってはいたんだけど、完成間近の『建造技術習得用試作小型帆船』を、うちの漁港とボーゼス伯爵領の軍港とを結ぶ航路に就航させたい、ってやつだ。

乗員の養成訓練が進み、鹵獲《ろかく》した3隻がそろそろ稼働状態になるから、国としては試作小型船はそう必要じゃないだろうし。あれはあくまでも、技術習得のための練習台だからね。

それに、引き続き、今度は本格的な実用大型船の建造が始まるんだ。用済みの小さな試作船なんかにそう未練はあるまい。試作小型船の運航は、新人船乗りの養成訓練を兼ねてもらってもいいしね。


これで、増産に励んでいる農作物や、漁獲量が激増した魚介類の販売ルートが確立できる。造船関係と海軍軍人養成で住民数が激増したボーゼス伯爵領の漁村……、いや、『軍港の街』。そして、それらの人々を相手にして儲けようと集まった、商人や酒場の女、その他膨大な人の群れ。

うむ、これから、食料品は売れる。いくらでも！

問題は、傷みやすい魚介類や葉物野菜の迅速な大量輸送手段だったのだ。

よし、これで勝つる！


そして大量の荒くれ者や食い詰め者、犯罪者達が流入して治安が悪化、大変な状況のボーゼス領。

私は、それが嫌で、自領に海軍関連の施設を誘致しなかったのだ。

ボーゼス伯爵様、頑張って～！

まぁ、最初の荒波が過ぎれば、安定した発展期がやってくるだろうから、しばらくの辛抱だよ。

ガンバ!!

＊　　＊

そして、やってきました、新大陸のヴァネル王国。

地球と領地関連が一段落したから、そろそろ始めるよ、本格的な活動を。

そう、新大陸での商売の開始だ。

ヴァネル王国だけでなく、周辺国も巻き込んで、高価で役に立たないものを売り込んで国力を低下させ、そしていざという時には思い切り国の足を引っ張れるように、商人として食い込んでおくのだ。

更に、労働力、生産力を、無駄なことに浪費させる。

……そう、『テトリス陰謀論』の実践である。

獅子《しし》身中の虫。

巨大な鯨の腹を、内側から食い破る。

……番場蛮《ばんばばん》かっ！

とにかく、アレである。

海賊の……、じゃない、陰謀の時間だ!!

＊　＊

（……くそっ、あの、石頭……）

15～16歳くらいの少女が、苦虫を嚙《か》み潰したような、不機嫌そうな顔で大通りを歩いていた。

（父さんも兄さんも、頭が固すぎる！　これからは、絶対に大型船による遠距離地域との大規模貿易の時代がやってくる！　旧態依然の今のやり方にしがみついていたのでは、うちのような中規模商会は時代の流れについていけず、滅びてしまう……）

中規模商会の3代目である父親と、その跡継ぎである、兄。

ふたりとも、そう暗愚だというわけではないが、今現在利益が出ているならば、下手なことはせずにこのままのやり方を続ければいい、という考え方なのである。状況が変わり、利益が減り始めれば、その時に対処すれば良いではないか、というのが、ふたりの持論なのだ。

どういう理由で利益が減ったかは、その時になれば分かる。なので、それに対応する措置を行えば良い。いつ、何が起こるかも分からないのに、現在うまくいっているやり方を変える必要はない。

それはそれで、ひとつの考え方ではある。

しかしそれは、上を目指す商人のやり方ではない。

そう言って説得したが、父親と兄は、自分の話を聞いてはくれなかった。

『3代目が店を潰す』と言われているが、父親も、4代目になるであろう兄も、決して愚かでも浪費家でもない。

（しかし、このままでは駄目だ。時代に取り残され、その結果……）

「きゃっ！」

「あ、ごめんなさい！」

イライラと考え事をしながら歩いていたため、大きな荷物を持って歩いていた少女とぶつかってしまった。

よろけて倒れ、尻餅をついてしまった少女は、尾骶骨《びていこつ》を打ちでもしたのか、痛みで立ち上がれない様子。

「だ、大丈夫ですか！」

12～13歳くらいの、黒髪で、少し異国風《エキゾチック》な顔立ちの、可愛い少女。

こんな美少女に怪我をさせたとなると、大事《おおごと》である。しかも、この、高価そうな身なり。もし他国の貴族や有力者の娘とかで、国際問題になりでもしたら……。

そう考えると、すうっと顔から血の気が引いた。

（ちょっとお尻を打っただけ。お嬢様育ちだから、痛みに免疫がないだけ。お願い、そうであってええぇ～～!!）

＊　＊

「……私、セルツ商会の娘、レフィリアと申します……」

「ミツハ・フォン・ヤマノです」

（き、ききき、貴族ううぅ！　しかも、『フォン』ということは、他国の貴族うううぅ!!

……終わった……）

半泣きの、レフィリア。

ここは、レフィリアが異国の少女にぶつかった場所のすぐ近くにあるカフェであった。

あの後、お尻を押さえて痛がる少女を放置して逃げるわけにもいかず、少女が抱えていた大荷物のため背負って移動することもできず、とりあえず近くの店で休むことにしたのであった。

尾骶骨を骨折していたりすることなく、ただの打ち身であることを祈りつつ……。

そして、場所代代わりに飲み物を注文した後、自己紹介をしたのであるが……。

そこで、まさかの、他国の貴族であることを示す称号、『フォン』が付いた家名を名乗られた。

金持ちの娘だとは思っていたが、まさかの貴族。

これで、もし怪我が酷ければ……。

（あああああああ！　ごめん、父さん！　ごめん、兄さん！）

「ご、ごごご、御両親に謝罪を……」

必死に、やっとの思いでそう言葉を絞り出すと……。

「あ、いえ、あれは私の過失ですから。大荷物を持ってふらふら歩くなんて、迷惑もいいところですよね、ごめんなさい……。それと、私、ひとりでこの国に来ていますので、家族は一緒じゃないんですよ」

「え？」

「それと、私は貴族の娘として『フォン』という称号を名乗っているわけじゃありません。私自身が爵位持ち、ミツハ・フォン・ヤマノ女子爵なんです」

「ぎ……」

「ぎ？」

「ぎゃあああああああ〜〜‼」

＊　　＊

『食パン咥《くわ》えた転校生の少女』作戦により、予定通り、セルツ商会の娘、レフィリアとの接触に成功。色々と調べて、ようやく恰好《かっこう》の条件の者《エモノ》を見つけたのだ、鉤《ハリ》に掛かった魚を逃《バラ》したりはしないよ！

「ど、どどど、どうか、私の命だけでお許しを！　家族には、何卒《なにとぞ》、御容赦を……」

「どこの暴君か〜い！」

テンパっているレフィリアに呆《あき》れるけれど、こういう国では、それが普通なのかな。貴族や権力者の気分次第で、平民はアリを潰すように、簡単に……。

いや、今は、そんなことは関係ない。

「いえ、そんなことはしませんから！　それより、レフィリアさんって、商会の娘さんだったのですか？　それなら、ちょっと御相談したいことが……」

そう言いながら、テーブルの横に置いていた荷物の中に手を突っ込み、ごそごそと中を探って摑《つか》み出したのは、１本の小瓶。

「こういったものを私の国から運び、この国で売りたいと考えているのですが、売れると思われますか？」

「え……」

最初の小瓶に続き、私が次々と荷物の中から取り出す品に、眼が釘付《くぎづ》けになるレフィリア。

小瓶の中身は、胡椒《こしょう》、唐辛子、塩、砂糖、その他様々な調味料。そして、ウィスキーやブランデーの３００ミリリットル瓶。勿論《もちろん》、塩は海塩の精製塩、砂糖はテンサイから作られた上白糖である。

各種ハーブ類もあり、シナモンという品《しな》もんも……、って、うるさいわ！

そう、食べたらなくなる、通称『消え物』。

現物を見ても、栽培方法や精製方法が分かるわけじゃない。

日本じゃ格安だけど、この世界じゃ、かなりの高額商品。

塩はそう高くないけれど、安価で上質の塩が出回れば、既存のルート、つまり生産者や流通ルートがガタガタになるだろう。

これでこの国の金……金貨ではなく、『金《ゴールド》』ね……を吸い取り、国力を低下させる。

そして、私が稼いだお金は国内を循環しているから問題ない、……というように思わせておいて、いざという時にはうちからの『出口』を絞り、一挙に荒稼ぎしてから、全ての金銀・パールプレゼントを、国外に運び出す。

ふは。ふははは。ふはははははは!!

……おっと、いかんいかん、今はレフィリアを嵌《は》め……、騙《だま》し……、説得せねば！

と思ったら。

「こっ、こっ、こここここ……」

ありゃ、レフィリアが、鶏に……。

「こっ、こっ、これは……」

よし、食い付いた！

「現在この国で売られているものよりも、かなり安く卸せると思うのですけど……。

あちこちに少量ずつ売るのは面倒なので、どこか、纏めて引き取ってくれる商会があれば、独占契約をお願いしたいと……」

「買ったあああぁ!!」

よし、フィイイイイ～～ッシュ!!

＊　＊

「え？」

「いえ、ですから、お父様が経営されている商会ではなく、レフィリアさんが新たに自分で立ち上げられた商会にお願いできれば、と考えているのですが……」

「えええええ!!」

そう、頭の固い、そしてそれなりに老獪《ろうかい》な中年男性を相手にするのは、デメリットが多すぎる。

その1。小娘だと思って舐《な》められ、話を聞いてくれなかったり、約束を破って勝手なことをされたり、無茶な要求をゴリ押ししてきたりする可能性がある。

その2。たくさんある取引相手のひとつとしかみなされず、搾取《さくしゅ》の対象としか認識されない可能性がある。

その3。こちらの企みに気付かれる可能性がある。

だから、経験が浅く、このチャンスに舞い上がっていて視野が狭窄《きょうさく》しており、そしてうちとの取引が商売の背骨となる、こっちの言い分が簡単に通りそうな、自分が遣り手だと思っている甘ちゃん。それが、私が求める理想の取引相手なのである。

そして、私にとっての理想の取引相手として、多くの中堅商会の子女の中から選び抜いた、最高の獲物。それが、レフィリアなのである。

「設立資金は、私が融資します。とりあえず、銀行に30キロの金のインゴットを換金したお金が、ほぼ手付かずで残っていますから、それを使いましょう。最初の仕入れ金は掛け売りで結構ですから、実際には大したお金は掛からないでしょうけど。

とりあえず、最初はそこそこの倉庫がある貸し店舗があれば充分でしょう。あまり嵩張《かさば》らず、少量で高価な品を中心に扱う予定ですから……。

あ、貴族には少々伝手《つて》がありますから、紹介くらいならできますよ。

如何《いかが》ですか？」


店。

商会。

父が経営し、兄が継ぐ予定の、曾祖父が設立したセルツ商会。

自分は、いくら才能があろうと、所詮は女。店を継ぐことも、意見を真剣に検討し取り上げてもらえることもなく、ただの無料で働く労働力としか看做《みな》されず、数年後には取引先か同業者のところへ嫁に出される。ただの『駒《こま》』として……。

自分の意思も、能力も、夢も、望みも、全てを踏みにじられて、ただの駒として……。

「やります！　やらせて下さい！　この命と誇りに懸けて、必ずや、御期待に応《こた》えてみせます‼」

それ以外の返事が、あろうはずがない。

私は、テーブルの横に置いてある荷物を、ずい、とレフィリアの方へと押しやった。

「見本品《サンプル》として使って下さい。品質には、些《いささ》か自信がありますよ」

にやり。

笑った私を見て、レフィリアも、笑みを浮かべた。そして……。

「子爵閣下に、感謝と、そして我が忠誠を……」

そしてレフィリアは、迅速に行動した。

父親の商会の手伝いを辞め、自分の商会設立の手続きを開始。

時間の節約のため、鼻薬《ワイロ》を利《つか》かせることも厭《いと》わない。

今は、賄賂による僅かな損失よりも、少しでも早く商会を立ち上げることの方が重要であった。

何を馬鹿なことを、と、資金も伝手もないはずのレフィリアの話を戯言《たわごと》と一笑に付していた父親と兄は、あっという間に書類手続きを済ませ、倉庫付き店舗の確保、そして販路を開拓したレフィリアに、顎《あご》が外れんばかりにぱっかりと口を開いて、呆然《ぼうぜん》。

レフィリアの話によると、ヤマノ子爵の名と、見本として渡した品が神剣並みの威力を発揮したらしい。……ま、そりゃそーか。資金も潤沢だしね。

ある程度名が知られた後は、必死に売り込む必要はなかったらしい。向こうから、『是非、うちに売ってもらいたい』と店のトップがやってくるというレベル。まだお声掛けの段階で、売り物としての現物も届いていないというのに……。

斯《か》くして、『雑貨屋ミツハ』は、国外に提携店を得た。

あくまでも、商会はレフィリアのものであり、私は商会の持ち主でも株主でも出資者でもない。

ただ単に、レフィリアにお金を貸し、そして商品を掛け売り、つまり代金後払いで卸しているだけの、一介の取引相手に過ぎない。

つまり、商会の設立のための手続きには私は何の関係もないし、商会に何か法的なトラブルがあっても、一切、無関係。ある日突然、私が全ての手持ち資金と共に母国に帰ることになったとしても、誰からも文句を言われる筋合いはない。

……いや、レフィリアを見捨てたり、使い捨てにしたりするつもりはないよ。……今のところは。

もし、万一そうせざるを得ないような事態になったとしても、私には何の問題もない、というだけのことだ。

ま、本当は、こんな安全措置を講じる必要はないんだけどね。

たとえ何があろうとも、全部ぶん投げて、自分の財貨全てと共に撤収すれば済むだけのことなんだから。

誰にも、私を拘束したり、私の財貨を理不尽な手段で奪ったりすることはできない。

……それに、理不尽な手段で人のものを奪おうとするならば、それは、自分が理不尽な手段で奪われても文句は言えない、ってことだ。それが、悪質な商人であろうと、貴族であろうと、……そして国家権力であろうと。

＊　＊

深夜の埠頭《ふとう》。

そこに佇《たたず》む、ひとつの小柄な人影。

そして……。

「よし、誰もいないな。……転移！」

そして突然出現した、小型の船。

そのために起きた波が海面を伝わってゆくが、埠頭がその程度の波でどうこうなるわけがない。

停泊中の船が揺れるであろうが、寝ぼけ眼《まなこ》の船員が慌てて真っ暗闇の中で周りを見回したところで、原因が分かるはずもない。

そして少女は、小型船に乗っていた者達に指示して、船を係留させた。勿論、この場所を使う許可は取ってある。

係留作業が終わった後、作業をしていた男達は姿を……、文字通り、『姿を消し』、ひとり残った少女は、部屋を取っている宿屋へと戻っていった。

＊　　＊

「はいはい、順番に積み込んで～！　慌てず、落ち着いてね。その木箱、落として中身割ったら、あんたの年収分くらいのお金が飛んじゃうからね～！」

木箱をぞんざいに扱っていた荷役作業員が、それを聞いて顔を引き攣《つ》らせる。

小型の帆船から馬車へ積み荷を移す作業の指揮を執《と》っているのは、レフィリアである。

私にはとてもそんなことはできないし、この作業が私、『ヤマノ子爵』ではなく、レフィリアが経営する新興の商会、『レフィリア貿易』によるものだということを印象付けるためでもある。

うん、そういう名前に落ち着いたんだ、レフィリアの商会の名前。

私の名前を入れる、としつこかったけれど、断固、拒否。

若い女性であるレフィリアを看板として利用するのは、当然のこと。

そして、海外貿易に消極的だった父親と兄への当て付けと、何々商会、とか、何々商店、とかいう名が多い他の商会との違いを強調すべく、『貿易』と付けたのである。

若い女性だからと舐めてかかり、詐欺や脅しで仕入れルートを奪おうとする者が出てくるであろうことは、ほぼ確実。

それに備えて、色々と手は打ってある。

使用人として、腕のいい元軍人を雇用。

……本人のせいではない事件の責任を取る形で退役したそうで、元上官や同僚、部下達に惜しまれていたらしく、それらの人達からも、その男性を高給で雇ったことを感謝されているらしく、いざという時には現役の方々からの配慮が期待できるそうな。

また、参謀役として、某大店《おおだな》で主人の代替わりの際に、跡を継いだ馬鹿息子に諫言《かんげん》を疎《うと》まれて一方的にクビにされた上、悪口を触れて廻《まわ》られて再就職を妨害されたという、元番頭を雇った。

先代には恩があったらしいが、今の主人には怨みしかない上、先代もクビにされた時やその後の妨害行為に対して何もしてくれなかったことから、恩義は既に返し終えたとして、もはや何の義理もない、とのことらしい。

遣り手らしいその人物がいれば、仕入れルート乗っ取りのための詐欺に引っ掛けられることもあるまい。

ま、仕入れルートも何も、私が拒否すれば終わりなんだけどね。

そして、いざとなれば、私の出番。

相手がルール内で攻めてくるなら、社交界で有名なヤマノ子爵としての私が。

そして相手がルールを破って、つまり不法行為に出たならば、謎の転移能力者、怪盗ミツハとしての私が、相手を破滅に追いやる。誰にも知られることなく。

うん、完璧の母！

そして迎えた、営業開始の宣伝と、遠国から船で輸送しているということをアピールするための、この荷揚げイベントである。

多分、仕入れルートを知りたがっている多くの商会が、手の者を派遣しているだろう。その者達に見せるためでもある。

船は、言わずと知れた、ボーゼス伯爵領の造船所で造られた、技術習得用の試作小型帆船。

まだ就航していないけれど、今回は実際に走らせる必要がないから、問題ない。だから、ちゃんと伯爵様の許可を取って、丸々1日、借りてきた。

係留作業を頼んだのは、うちの漁村の人達。

今更、私のことで驚くような人達じゃないからね。何しろ、『1日防波堤』、『1日漁港整備』、『1日街道整備』、とか、色々とやらかしてるから。

……あ、それ以前に、『ひとりで敵艦3隻の拿捕《だほ》』があるか。

いやいや、その他にも、『古竜征伐』、『帝国軍撃破』、……ま、色々あったからねぇ。

毎回、この作業をやるつもりはない。……面倒だから。

一度見せておけば、『安全のため、毎回港を替えている』とか、『夜のうちに荷下ろしして、夜明け前に出航している』とか、何とでも言い張れる。

そして、今回レフィリアが指揮を執っていることから、荷揚げの段階からレフィリア貿易が仕切っていると思わせられれば、流通において私の方、ヤマノ物産店がマークされる確率を下げられる。

……まぁ、完全にノーマーク、ってことはないだろうけど。

以後は、転送で地球から直接ヤマノ物産店へ、もしくはレフィリア貿易の倉庫へと運ぶ。

だが表向きは、港からうちへの輸送をレフィリア貿易が請け負い、いったんうちの倉庫へ運び入れて輸送契約終了。あとはそれとは別に、レフィリア貿易との売買契約を行って、売った分だけレフィリア貿易の倉庫へと運ぶ。そうしているように見せかけるのだ。

面倒そうに見えるだろうけど、レフィリアが『子爵閣下が、面倒でもそこはきちんとしたい、と言われている』と言えば、疑う者はいないだろう。何せ私は、商売には素人で、殿様商売をする、世間知らずの異国の貴族様なのだから。

これが、小麦だとか石炭だとかの嵩張るものであればアレだけど、嵩張らない高額商品であれば、輸送計画を秘密にするのも、人知れず運び込むのも、そう不思議ではあるまい。

斯くして、新興の商会『レフィリア貿易』の取引が開始された。

＊　＊

「……爆売れです。ま、分かってはいましたけど。現在、1店当たりの数量制限、他の商会への転売禁止、国外への販売禁止、契約内容の漏洩《ろうえい》禁止、禁止事項を破った場合の取引停止と全ての契約破棄、という条項を呑《の》んだところとのみ取引しています。

ミツハさんのところから仕入れたもの以外も、私の歓心を買うためにうちから買うようにしてくれたところが多いから、もう、仕入れが間に合わないくらいです。ふへ、ふへへへへ……」

そう言って、だらしない顔で笑うレフィリア。

最初は私のことを『子爵閣下』とか『ミツハ様』とか呼ぶものだから、慌てて呼び方を変えさせて、紆余曲折《うよきょくせつ》の末、『ミツハさん』に落ち着いた。

12～13歳くらいに見える小娘が、年上に見える女性から、人前で『閣下』とか『ミツハ様』とか呼ばれたら、注目を集めてしまう。それに、身の安全のためにも、私の顔が大勢の人達に覚えられるのは、良くないからね。

「遠方からの輸入品を超高値で売っていた商会からの当たりは？」

「私や従業員の尾行、間諜《かんちょう》を従業員として送り込もうとしたり、従業員の買収を試みたり、といったところですね。さすがに、ミツハさんの特約店扱いのうちに、直接的な妨害工作を仕掛ける勇気はないようです。……今のところは」

そう、今のところは、だ。これから先もそうであるかどうかは、分からない。

それに、輸入元である私に直接アプローチを掛けてくるという可能性もある。大商会ならば、コネがあったり、弱みを握っている貴族のひとりやふたりくらいはいるだろう。

……でも、コネなら、こっちにだってある。

普通に商談を持ち掛けてくるなら、断るなり、利用するなりする。

しかし、もし舐めた態度に出るようならば、こっちにも考えがある。

「機会があれば、私とレフィリアはただの取引相手じゃなくて、個人的なお友達だって触れて廻ってね。その方が、余計なちょっかいを掛けてきたところを潰すのに、遠慮なく思いきりやっても不自然じゃなくなるからね。……それに、それは嘘《うそ》じゃなくて、本当のことだしね」

「……は、はいっ！」

ちょっと驚いたような、そして嬉《うれ》しそうな、レフィリア。

うん、みっちゃんに続く、この国、いや、この大陸でふたりめのお友達だ。巻き込んだからには、ちゃんと守るよ。……私を裏切らない限りは。

＊　　＊

「何、ヤマノ子爵が商売を始めたと？　いや、物産店とやらは、とっくに開店《オープン》していたであろう？」

部下からの報告に、国王は怪訝《けげん》そうな顔をしてそう言ったが……。

「いえ、滅多に開店しているところを見掛けない、あの店での細々《ほそぼそ》とした小売り営業ではなく、大規模な卸売りのことです。自国の小型高速船による直接輸送らしく、新興の商会が独占的に買い取っているようで……」

「何……。で、それは正規の手続きを経ておるのか？」

「はい、我が国の正規の商会が買い取り、税に関する手続きもきちんと行われております」

それならば、それは担当部署の仕事であり、国王が何かをする必要はない。……と言うか、余計な手出しをする方が問題である。

「ならば、気にする必要はあるまい。子爵が多少の利益を挙げ、そして我が国に商品と税収をもたらしてくれるのであれば、大歓迎だ。たとえ子爵が損を出したところで、別に我が国が損をするわけではないしな。

それより、その商品の輸入ルートを遡《さかのぼ》って調べれば、子爵の母国が判明するのではないのか？

そして、子爵の旅行とやらは終わったのか。ならば、パーティーへも再び出席し始めるか……」

国王が次の手を考え始めた時、部下がそれを遮った。

「勿論、噂《うわさ》を摑んだ時点で調査の者を張り付けておきました。

我が国への輸送には、母国の小型高速帆船を用いている模様です。新造船らしく、船体も艤装品《ぎそうひん》も全て、ピカピカの新品だったそうです。

そして、深夜に入港、翌日の深夜に出港したらしく、誰もその現場を見ていないため、やってきた方向も、去っていく方向も分からず……。また、乗員と話すこともできず、情報も、使用する言語すら確認できませんでした。

荷役作業と港からの輸送は独占契約を結んでいる商会が担当しており、そこから情報を得ることは不可能です。みすみすこんな取引先を失うような真似をするはずがなく、一般の作業員達は何も知らず、作業責任者は一切喋《しゃべ》りません。ま、当然のことですが……。

さすがに、冤罪《えんざい》をでっち上げて拷問に掛ける、というのは、時期尚早かと……」

「馬鹿もん、おかしな真似をするでないぞ、絶対にだ！」

部下のとんでもない発言に、慌ててそれを制止する国王。

「で、今回輸入された商品ですが……」

何と、部下の男は、国王の言葉を平気でスルーした。

どうやら、先程の言葉は冗談であったらしい。国王に対してそんな言葉を吐くとは、大した男である。余程の胆力があるのか、それとも、怖いもの知らずなのか……。

ただ、決して馬鹿だというわけではあるまい。馬鹿であれば、今、ここにいるはずがなかった。

そして、男の言葉が続く。

「香辛料と、その他の調味料、そして数々の嗜好品《しこうひん》です。遠国から少量しか運ばれてこない稀少《きしょう》なものから、塩、砂糖等の、このあたりでも生産されているもの、そして酒とか、日保《ひも》ちのする珍しい食べ物とか……。

但し、全て最上級の品質であり、貴族相手の一流店が奪い合うような品ばかりです。稀少な香辛料だけでなく、酒や塩、砂糖に至るまで……」

「な、何だと！」

「しかも、相場より安い価格で、です」

「…………」

暫しの沈黙の後、国王は、ふとあることに気付いた。

「輸入の届けに、輸出国の記載欄があるのではないか？　そこはどうなっておる？」

しかし、部下の返事は、芳《かんば》しいものではなかった。

「は、そこには、『にほん』と書かれておりました……」

「にほん？　聞いたことのない国だな。どこの国だ？」

「私も、聞いたことが……。勿論、外交に詳しい者に調べさせましたが、誰も知らないと……。

しかし、商人の船が遠方の国から商品を運ぶこともあり、我が国の法律では、ちゃんと税を払うのであれば、遠くの見知らぬ国で仕入れた商品であっても別に違法行為ではありませんので……」

蛮人からの略奪お構いなしの国なのであるから、どこで入手したかなど、どうでもいいのである。利益さえもたらされるのであれば……。

なので、もしその商品がどこかの国や船を襲っての略奪品であったとしても、相手が正式な国交のある国であり、略奪の証拠がありでもしない限り、何の問題もなかった。なので、輸出国名が実在するのかどうかも分からぬ国名であったとしても、関係ない。きちんと税さえ払えば。

「やはり、国名は、今しばらく伏せるつもりか。まぁ、それはそれで構わぬ。規模の大きな取引を始めたとなると、どうせすぐに正式な国交と国が主導する貿易の打診が来るであろうからな。それまでは、あの娘が試験的な貿易を行い、自国の商品の宣伝と、我が国の商取引についてや商人の信用度とかを確認するのであろう。

どこかの馬鹿な商人が娘に余計な手出しをしたりせぬよう、監視しておけ。もしちょっかいをかける者がいれば、警告しろ。そして、旨味があるようであれば、王族派の者達が甘い汁を吸えるよう取り計らってやれ」

「は！」

国王は、自分で商会を経営していたりはしないし、立場上、特定の商人を優遇してやることもできない。

しかし、貴族達は懇意にしている商人や、自分の領地を本拠地としたお抱え商人や、中には貴族自身が実質的なオーナーである商会とかもあり、国王に好意的な貴族のそういう商会に利益を誘導してやることは、忠誠心や結束力に大きく寄与する。そのあたりはきちんとフォローする国王であった。

そして、この部下もそれによるお零《こぼ》れを享受できる立場であるらしく、嬉しそうに返事をしたが、勿論国王もそれくらいの余禄《よろく》は黙認している。別に横領とかいうわけではないので、腹心の部下の人心掌握のためには当然の配慮であった。

「よし、では、パーティーでの接触を図るか。次にヤマノ子爵が出るパーティーを確認してくれ。そして主催者に根回しして、ウォンレード伯爵とエフレッド子爵が出席することは伏せさせろ」

「はっ！」

＊　　＊

さて、久し振りのパーティーか……。ダイエットも少し効果が出て、何とかスカートのホックも掛けられるようになったし、今後はあまりお腹いっぱい食べたり甘いジュースを飲みすぎたりしないように、気を付けよう……。

今日のパーティーは、陸軍派閥だけど、ミッチェル侯爵家とは別の派閥の伯爵家主催。

私が出席するパーティーはミッチェル侯爵が選んでいるということは、周知の事実。なので、あまりにもあからさまに侯爵の派閥のパーティーばかりに出るのもちょっと露骨過ぎるので、他の派閥のにも時々は出ている。

ま、日本の内閣で、党内の対立派閥からも大臣を選ばざるを得ない、というようなものなのだろう。……多分。色々と難しいよねぇ。

久し振りのパーティー出席だし、もう既に貿易のことが広まっているだろうから、今日はその件で色々と話し掛けられそうな予感……。

ま、同じ国でいちいち色々な商会と少量ずつ取引するのは面倒だから、全てレフィリア貿易に一括して卸す、ってことで逃げ切ろう。私は貴族なのであって商人じゃないから、僅かな利益の増減のために細かい取引で煩《わずら》わしい思いはしたくない、って言い張ればいいか。

今日は、他の派閥のパーティーだから、ミッチェル侯爵も出席。……私だけ行かせるのが心配だから、ってことらしい。主に、変な約束をさせられたり、どこかの馬鹿息子を押し付けられたりしないか、という方面で。

……つまり、『コレはうちのだから、横取りすんなよ！』と、眼を光らせるためについてくる、ってわけだ。別に、過保護ってわけじゃないらしい。

他の派閥とはいっても、別に不倶戴天《ふぐたいてん》の敵同士、というわけじゃないし、比較的仲の良い派閥や、中立的な派閥もあるし、派閥を超えた友人とか、親戚、軍で同じ部隊や上官・部下の関係だったとか、色々あるから、別に自分の派閥のパーティーにしか出ないというわけでもないらしい。特に、年頃の子供の誕生パーティーとかは、派閥はあまり関係ないらしいし。

で、その中でも、今日の主催者は比較的敵対度が高い派閥の人らしい。

……って、何だよ、そりゃ。

ま、侯爵がついてくるわけだ。

そのおかげで、今日はチャーターした馬車ではなく、侯爵の馬車に便乗させてもらうことになっている。

でも、ミッチェル侯爵の家まで歩いてきた、と言ったら、怒られた。

いいじゃん、うちの物産店から侯爵家まで、チャーターした馬車を使う程の距離じゃなし。

それに、こんな恰好で辻馬車《つじばしゃ》に乗ったりしたら、驚かれそうだし。

よし、では、ミッチェル侯爵と一緒に、しゅっぱぁ〜つ！

第五十七章　制　裁

とうちゃ～く！

馬車を降り、ミッチェル侯爵と一緒にパーティー会場へ。

初めて訪問するお宅だから、私の顔は知られていないだろうけど、ミッチェル侯爵を知らない門番や警備兵、案内係等はいないらしく、そのまま素通し。

侯爵に連れられて、主催者《ホスト》や主要な人達に挨拶回り。初対面の人達もいれば、既に他のパーティーで会ったことのある人達もいる。

……そしてみんな、私を見る眼が、ギラついている……。

怖いわ！

まぁ、多分、輸入品のことなんだろうなぁ。

商売に食い込んで儲《もう》けを、ということもあるだろうけど、ここにいるのは商人ではなく、貴族様達だ。だから、それだけではなく、多分、アレなんだろう。

『旨いものを飲み食いしたい』、『ステータスとして、今評判のものを手に入れたい』というやつ。

そう、香辛料とかは大量に……とはいっても、そう大した量ではないけれど、上流家庭の要望にはそこそこ応《こた》えられるくらいに……運び込んでいる。香辛料は、小麦のように大量に消費されるものじゃないから、日本だけでなく、他国も含めて買い集めれば、商会規模ではなく個人購入で手に入る分だけでも何とかなる。通販もあるし……。だから、品薄感はそんなにない。

今後、平民達の間にも広めたいから、そんなに『なかなか手が出せない、贅沢品《ぜいたくひん》』というイメージにはしたくないからね。

でも、酒類や高級食材は供給を絞って、市場の飢餓感を煽《あお》り、高級感、贅沢感を醸成している。

これらは、別に無ければ無いで済むから一般平民にはあまり関係ないし、下位互換のものはこの国で造られたものが充分出回っているから、品薄でもそんなに問題はない。

だから、儲け目当ても勿論《もちろん》あるけれど、『安くて済む、貴族への顔繋《つな》ぎ用のアイテム』として私が使ったりと、色々と活用できる便利商品として使う予定。

……だったんだけどねぇ……。

ミッチェル侯爵も、ずっと私にくっついているわけにはいかない。なので、私から離れて、時々こっちを見て状況確認、というモードになった途端……。

くるくるくるね。

胡椒《こしょう》、キャビア、このあたりには出回っていない珍しいフルーツ、……そしてお酒。

取引として。ただ自分の家で消費する分だけを求めて。そして、貴金属や宝石の、私の国での相場を探ろうとして。

それらに対して、取引規模ならばレフィリア貿易に言ってくれ、紹介だけならしてもいいよ、と。

そして自分が楽しむために高級酒を何本か廻《まわ》して貰《もら》えないか、というささやかなお願いに対しては、物産店に使いの者を寄越してくれれば都合する、と答えて大喜びしてもらえたり。

決して大きな約束事は口にせず、愛想を振りまくだけで無難にこなし、それを見て安心したのか、ミッチェル侯爵が私から眼を離し、少し離れた場所へと移動した時、『それ』がやってきた。

ちょびっとだけ髭《ひげ》を生やした、チョイ悪おやじ。

傲慢そうな顔の、若造。

そしてふたりを囲む、パーティーの場なのに剣を佩《は》いた、６人の男達。

そう、私が細心の注意を払って避けまくっている、ウォンレード伯爵とエフレッド子爵とかいうイキリＤＱＮ達である。

……何でよ？

今回も、ちゃんと今朝になってから、このふたりの出欠を確認した。メッセンジャーボーイを雇って。そして、ふたりは出席しないという返事をもらったのだ、主催者側から……。

主催者の方を見ると、一瞬私と眼が合った後、すっと視線を外された。

連中がやってきた時に私の方を見ていたということは、……そういうことなんだろうな。

うん、嵌《は》められた、ってことだ。

ふっっっざけんなよオォォォォっっ!!

料理コーナーに退避、と思ったら、６人の手下達のうちのふたりが、私と料理コーナーとの間に移動しやがった！　くそっ！

周囲の貴族や給仕達も数歩下がり、私と連中の間には障害物がなくなった。完全に、罠《わな》だ。


ぷっつん！


よ～し、そういう態度に出るなら、受けて立ってやろうじゃないか……。

「皆様！」

近付いてくる連中に背を向けて、大きな声で叫んだ。

連中は、驚いて、いったん足を止めた模様。

「どうやら私、騙《だま》され、嵌められ、売られたようですので、これにてお暇《いとま》いたします。この仕打ちに対して非常に不愉快に思っておりますため、本日交わしました皆様とのお約束は、全て反故《ほご》、白紙に戻します。では、失礼！」

そう言って、最も人の密度が低いところを駆け抜けて、窓際に到達。誰かに止められたりしないうちに素早く窓を開けて、脚力と両腕の力で窓枠へと飛び上がり、そのまま庭へと飛び降りた。建物の床面がかなり高くなっていたため、窓枠からは2メートル以上ありそうな高さを。

「「「「なっ!!」」」」

後ろで、驚愕《きょうがく》の叫び声らしきものが聞こえたけれど、そんなの関係ない。

身体が窓枠より下になって、皆の視界から外れた時点で、転移！

このまま落ちると、足を挫《くじ》きそうだからね。


ぼすん！

着地地点は、日本の自宅の、お兄ちゃんの部屋。

そのままにしてあるお兄ちゃんの部屋だけど、ひとつだけ、手を加えてある。

それは、ベッドの上に布団を重ねて、衝撃を緩和するようにしてあることだ。

うん、運動エネルギーは相殺できるけど、急な時には動転して少し失敗したり、誤差が出たりするといけないからね。あの、王都絶対防衛戦の時に、隊長さんのとこのビリヤード台の上に出現しちゃって、背中とお尻に思い切り食い込んだ球の痛みは忘れないよ！

そして、すぐに1階に下りて、手土産を物色。

少し張り込んだ品々を連れて、物産店へと転移。


「こんばんは～！」

そして、やってきました、お馴染《なじ》み、お隣の警備隊詰所。

「これ、お土産です」

そう言って差し出す、小振りのダンボール箱と紙袋。

「いつも済まないねぇ……、って、こ、これは!!」

受け取った箱を見て、眼を剝く警備兵のおじさん。

そう、以前にもあげたことのある、ちょいお高めのブランデー、6本入りである。

「「「「おおおおおお!!」」」」

他の5人のおじさん達も、大喜び。

だって、侯爵様が飛び付くような代物だからねぇ。

それに、うちのお隣さんなんだから、多分私が始めた貿易のことは、上の方から教えられているはず。その商品のひとつである、高級酒のことも含めて。

「もう輸入販売を始めたから、人に見せたり、転売して小遣い稼ぎに使ってもいいですよ。そこそこの値段で売れると思うから、騙されて買い叩《たた》かれないようにして下さいね」

「「「「誰が売るかよ!!」」」」

ありゃ、そういうものなの？

「で、しばらく留守にする予定です。おかしなのに眼を付けられちゃったようなので……。戻るまで、お店に忍び込もうとする者がいたら、全部牢屋《ろうや》に入れちゃって下さいね」

「「「「任せろ!!」」」」

そして、念の為、お店の商品は棚ごと転送。

行き先は、連続転移で、子爵領に造った私のプライベート倉庫へ。

こんな時のために、常に充分なスペースが空けてある。

2階は元々空っぽであり、地球の品は何も置いてない。なので、お店の中は完全に空っぽ、空き家同然である。鍵も掛けずに放置しておいても大丈夫なくらい、何もない。

……いや、掛けるけどね、鍵。

よし、1ヵ月くらい放置してやる！　新聞記事になるくらい。

……放置新聞。

って、うるさいわ!!

＊　　＊

「な、ななななな……」

驚愕に固まっていたパーティーの主催者である伯爵が、はっと我に返って叫んだ。

「急げ、怪我をしているかもしれん！」

華奢《きゃしゃ》な貴族のお嬢様が飛び降りるには、この窓と庭との高低差は些《いささ》か大きい。足を挫く程度で済めば良いが、下手をすれば、骨折とかの可能性もある。

他国の貴族の少女に大怪我させたなどという噂《うわさ》が広まっては、堪《たま》ったものではない。それも、あのような糾弾《きゅうだん》をされた後となれば、全ての責任が自分に降りかかってきてもおかしくはない。

そして、少女の母国から、怒り狂った両親や外交ルートでの抗議でも来た日には……。

蒼白《そうはく》になった顔で『ウォンレード伯爵とエフレッド子爵』の方を見ると、ふたりも、同じく蒼《あお》い顔をしている。

どうやら、あまり役に立ってくれそうにはなかった。

「伯爵……」

「伯爵殿……」

気が付くと、周りを大勢の客達に囲まれていた。

「どういうことですかな……。せっかくヤマノ子爵に御快諾戴いた、ヤマノ子爵領名産の高級酒をお譲り戴くお話が御破算になってしまったのは、どういう理由のせいなのですかな？」

「儂《わし》の誕生日に酒と珍しい食べ物を贈って戴けるという約束をしてもらったが、それも白紙になったのか？　誰のせいなのか、きちんと説明してもらわねば、納得できぬぞ！」

「子爵が言っていた、騙された、嵌められたというのは、どういうことなのだ？　貴公、いったい何をしでかした？　よもや、子爵を陥れようとか企んだわけではあるまいな……」

皆、一応、表情は温厚そうではある。しかし、それが激しい怒りを必死で押し殺しての作り笑いであることが分からない者など、ひとりもいなかった。そして、少女がかなり、……かなり怒っていたということも……。

主催者である伯爵を取り囲む輪の外側で、ミッチェル侯爵は、顔を引き攣《つ》らせながらも、胸を撫《な》で下ろしていた。

（……よかった。今日が他の派閥のパーティーで、本当によかった……）

そして、下手に捕まって関係修復の仲立ちを頼まれたりしては敵《かな》わない、と、そっとドアの方へと移動し始めるミッチェル侯爵であった。

＊　　＊

「……え？　どうして急に、そんな話に……」

呆然《ぼうぜん》とする、とある中堅商会の手代。

「いえ、うちの商品の卸元のお嬢様が、ある伯爵家に騙され、罠に嵌められて、おかしな連中に差し出されそうになったとかで、大層お怒りになりまして……。

その貴族家及びその係累と取引のあるところとは一切の取引禁止。そして、それらの商会と取引のあるところも、また同じ、とのことでして……。

なお、これは、卸しだけではなく、小売りにおいても適用されるそうです。

うちは、命綱である卸元さんに切られれば死活問題ですからね、言いつけに従うに決まっていますし、それを非難できる人はいないでしょう？」

「なっ……」


数日後、王都中が大騒ぎになっていた。

街中での、一般市民には全く分からない、水面下の世界で。

そう、商人達の間での地下情報と、貴族達の間での情報網での話である。

『あそこと関わると、レフィリア貿易との取引ができなくなるらしい』

『あの貴族家に食材を納入していた大店《おおだな》が、酒と香辛料の購入契約を断られたらしい』

『輸出元が激怒しているらしいから、いくらレフィリア貿易に頭を下げても、全くの無駄らしい』

流れる噂。

係累や派閥の貴族達から怒られ、責められ、頭を抱えるパーティーを主催した伯爵。

卑怯《ひきょう》な嘘《うそ》や罠を仕掛けた全ての元凶として、ひそひそと陰口を叩かれる国王と王太子。

あれから全く姿を見せないヤマノ子爵に、焦りを隠せないミッチェル侯爵と、友好関係を築けていた他の貴族達。

そして、噂の渦中のヤマノ子爵は……。

「あ〜、ちょっと働き過ぎだったから、しばらくのんびりしようっと。

そうだ、コレットちゃんとサビーネちゃんを連れて、温泉旅行にでも行こうかな。最近、何だか肩が凝って痛いからなぁ。別に、胸の重みが掛かっているわけでもないのにね、あっはっは！

……って、うるさいわっっ‼」

ひとり自虐ボケ突っ込み。

……かなり疲れているようであった……。

＊　＊

「というわけで、やってきました、有馬《ありま》温泉！」

「「おおお〜」」

御機嫌の、浴衣に着替えたコレットちゃんとサビーネちゃん。

久し振りの、３人ずっと一緒の、『密着24時』だからね。

温泉は、最低でも、２泊！

夕方宿に着いて、翌朝帰るなんて、疲れが取れないよ。

一日中ゴロゴロして、何度も温泉にはいるためには、最低2泊で滞在しなきゃね。

そういうわけで、２泊３日。

……転移で移動する私達の場合は、朝イチで行って夜遅く帰るという日帰りでも充分なような気もするけれど、小さいことは気にしない！

とりあえず、お風呂！

「飛び込み禁止、泳ぐの禁止、潜水禁止、石鹸《せっけん》塗ってお腹で床を滑るの禁止‼」

「「そもそも、泳げないよっ！」」

……あ、そうか。

日本じゃないんだから、ほぼ全員が泳げるなんて世界じゃなかったか……。

プールない、海水浴場ない、水着ない、川辺や海辺に魔物いる、川の中や海の中に魔物いる、そして大半の者は家から海辺まで片道何日もかかる。……そりゃ、武芸のひとつとして修錬した者くらいしか泳がんわ……。

「そして、会席料理！」

読みは同じだけど、会席料理と懐石料理は、別物。

他にも、本膳料理とか精進料理とか色々あるけれど、『精進料理は、動物性の食材や、五葷《ごくん》と呼ばれる、ネギ属などに分類される野菜は使わない』とだけ知っていれば、問題ない。

「「おおおおお！」」

そして、華やかで手間の掛かった料理の数々に、驚きの声を上げる、コレットちゃんとサビーネちゃん。

いや、決して洋食には手間が掛かっていないというわけじゃないけど、洋食の手間は、ひと目見ただけでは分かりにくいことが多いからねぇ。コンソメスープを見ただけで『7日間煮込んでいる』とか、シチューやカレーを見ただけで『何時間煮込んだか』なんて、素人には分からないよ。

フランス料理とかは、華やかな盛り付けがしてあったり、すごく美味しいんだけど、何と言うかなぁ、順番に出されるのではなく、一度に並べられた和食独特の見栄えというか、インパクトというか、これがサビーネちゃんとコレットちゃんには結構驚きだったらしいのだ。

そして、とにかく、温泉旅館でただひたすらゴロゴロする2泊3日を過ごし、コレットちゃんとサビーネちゃんに対する家族サービス（？）は、無事終了。ふたりとも、両親やメイド少女隊の仲間達へのお土産をたっぷり買い込んで、転移！

＊　　＊

「……というわけでございます」

「…………」

執務室で、渋い顔で部下からの報告を聞く、国王。

「ウォンレード伯爵とエフレッド子爵も除外対象になっているため、王宮関係の者にはレフィリア貿易の、つまりヤマノ子爵のところからの品は一切納入されない、というわけか？」

「はい。その名が陛下と殿下の別名であることは貴族と大商人達は皆知っておりますので、もしヤマノ子爵やレフィリア貿易の者がそれを知っていた場合、納入した者達も除外対象に加えられてしまいますから……。

しかし、だからといって、その名は陛下達であるから、とレフィリア貿易の者に伝えるわけにも……」

そんなことは、できるはずがない。

皆が知ってはいても、それはあくまでも『暗黙の了解』であり、正式にそれを通告するなど、物笑いの種にしかならないであろう。

そしてそれが、激怒した異国の少女に、果たして効果があるのかどうか……。

別に、少女はこの国の者ではないのであるから、この国の国王の命令に従う義務はない。そして、この国を出て、他の国で商売を始めれば済むことである。香辛料、塩、砂糖、高級食材、高級酒、……そして宝石や貴金属で。

そして、そこからの転売品を、この国が高値で買うことに……。

「レフィリア貿易は、商品を卸した商店に対して、国外への転売は禁じているそうです。おそらく、他国においても同様の規則を適用するのではないかと……」

そして部下からの追加報告に、がっくりと肩を落とす国王であった。

「……やむを得ん、計画を変更する。ヤマノ子爵を王宮に招待しよう。

我が国に自国の商品を運ぶ異国の貴族に対し、王が謁見の許可を出す、ということにして、ウォンレード伯爵ではなく、国王として会おう。国王に似た風貌の、少し王家の血を引くウォンレード伯爵という人物は、暫し王都を離れ、旅に出ておるのだ。

どうだ、それで良いだろう！」

良い案だろう、という顔の国王に、部下の男は首を横に振った。

「前の案よりは、ずっと良いと思います。ただ、ヤマノ子爵が完全に姿を消しており、自宅である物産店を訪ねても、ミッチェル侯爵を介しても、全く連絡が取れない、という問題を解決できれば、の話ですが……」

「…………」

国王がヤマノ子爵の母国産の品々を正式に手に入れることができるのは、まだまだ先のことのようであった。それまでは、非公式に入手した、相場の数倍の価格で掴《つか》まされたものをチビチビと楽しむしかない。

「くそぅ、いったいどこで間違ったのだ……」

＊　＊

「かなりの騒ぎになっているようですね。……水面下では、ですが」

「水面下では、ね……」

レフィリアからの報告に、思わず笑みが溢《こぼ》れる。

そう、私は、舐《な》めた真似をしてくれた奴らは許さない。

特にここのような世界では、舐められれば、カモにできると思った連中が一斉に寄ってくる。だから、たとえ多少の危険や損害が出ようとも、ふざけた真似をしてくれた相手は叩き潰す。その同類が次々と現れるのを防ぐために。

そのためには、アレだ、アレ。『わたし、残酷ですわよ』ってやつ。

ゴージャス☆ミツハ、ってわけだ。……地球儀を回したりはしない。

物産店にも姿がない、ということにしているけれど、レフィリアからレフィリア貿易の倉庫の合い鍵を借りて、深夜にこっそり転移して物資を補充している。でないと、レフィリア貿易が品切れを起こしてしまう。

レフィリアには、『見つかると、またおかしなのが押しかけてくるかもしれないから』って言ってある。……それは、嘘じゃないし。

倉庫の近くに転移して、鍵を使って倉庫に入り、誰もいないことを確認。そして、転移で物資を搬入し、外へ出て、鍵を掛けて去る。……簡単なお仕事だ。

勿論、いきなり倉庫内へ転移しないのは、誰かと鉢合わせするのを避けるため。

当然だよね。深夜でも、働いている人はいるだろうからね。

それに、別に毎日というわけじゃない。普通、帆船で運んでいる商品が毎日入荷する貿易商なんか存在しないよねぇ。……特に、この世界では。

本当は数ヵ月に1回くらいが自然なんだろうけど、それだと保管場所や商品の劣化の問題があるから、少しずつ運ばざるを得ない。だけど、それをわざわざ対外的に知らせる必要はないので、搬入頻度は、私とレフィリア貿易の首脳陣しか知らない。

「じゃ、そのあたりのことは、全てレフィリアの好きにして。敵対しそうなところには厳しく適用して、友好的なところには多少の融通を利かせてあげて、取引を継続してあげてね。手に入れた武器は、有効に使わなきゃね！」

「はい《イエス》、殿下の御心のままに《ユア・ハイネス》！」

……誰が『殿下』やねん！

レフィリアは、冗談で言っているのか、それとも本当に私が王族や皇族だと思っているのか……。

ま、平民であるレフィリアから見れば、貴族も王族・皇族も大差ないか。逆らったり御機嫌を損ねたりすれば、簡単に首が飛ぶ……比喩的表現ではなく、文字通り、物理的に……という点では。

「それじゃ、また、商品は適当に補充しとくからね。『シャロリア・テラス』を目指して、頑張って！」

「はいっ!!」

そう、あの名作小説を大幅に翻案・意訳・短縮して、語り聞かせてあげたのだ、レフィリアに。

そしてレフィリアは、あの物語と同じような、王都で高級商店が建ち並ぶ、側壁を共有した商店街《テラス》のひとつである『シャロリア・テラス』に狙いを定めたのである。

……どうなっても、知らない。

レフィリアの父親と兄は、当然ながら、ウォンレード伯爵とエフレッド子爵というのが国王と王太子の変名であることを知っている。しかし、商売については勉強し、店の手伝いをしてはいても、実際に顧客との取引の場に行くことも、顧客ひとりひとりとの付き合いも、そして貴族のパーティーに出席することもなかったレフィリアは、それを知らなかった。そして勿論、ミツハも。

なので、王宮関係の者達が丸々レフィリア貿易が扱う商品から遮断されていることなど、ふたりは知る由もなかったのである。

＊　＊

よし、コレットちゃんとサビーネちゃんの機嫌も取ったし、レフィリア貿易の方もしばらくは週イチくらいの転送補充だけでいいし、『Ｇｏｌｄ　ｃｏｉｎ』の方もデキる店長達に任せておけば大丈夫だ。……多少の赤字になっても問題ないし。

で、じゃあ、何をするかと言うと……。

領地経営だよ、我がヤマノ子爵領の！

新大陸でのことは、誰に頼まれたわけでもなく、私が私費で勝手にやっていることだ。最初の金塊も、王様から貰ったわけじゃなくて、私が借りているだけで、後で返さなきゃならない。だからアレは、任務や義務ではなく、ただのボランティアだ。

でも、領地経営は違う。

それは貴族位を叙爵された私の義務であり、領地と領民を守らなきゃならない。……私の命と安全の次くらいの優先順位で。

忙しすぎるだろ、私……。

そういうわけで、久し振りの、領地邸での長期滞在。

いや、時々日本の自宅や王都に行くけど、『基本的な滞在地』という意味でね。

そして、私が仕事に掛かろうとしていると……。

「よし、私がミツハの占有権を主張するよ！」

コレットちゃんが、何やらよく分からない主張をしてきた。

いきなり何を言い出すのかと思い、話を聞いてみると……。

「毎日みんなにミツハのいいところを話して聞かせていたら、私ばっかり一緒にいるのはずるい、ということになっちゃって、リアやノエル、ニネット達が私の座を奪おうと画策していて……」

「余計なことを言うからだよ。自業自得！」

「そんなぁ……」

リアは、使用人兼商業アドバイザーのラシェルさんの娘で、この前5歳になったはず。ノエルは、長期奉公という名の人身売買モドキの危機を逃れた、ええと、この子も誕生日がきて11歳になったんだっけ、ヤマノ子爵家メイド少女隊のひとり。ニネットは漁村出身のメイドで、確か誕生日はまだのはずだから、12歳のままか。

ニネットは12歳にしては体格がいいから、私より少し身長が高い。……まぁ、間もなく13歳だから、西欧系人種と日本人の違い、ってことで……。

うちではちゃんと栄養豊富な食事をたっぷりと与えているから、身長も、そして胸も私を上回っているのは、仕方ない。そう、人種の違い、人種の違い!!

……くそ。

とにかく、ヤマノ家のメイドのうち未成年であるノエルとニネットのふたりに、メイド見習いのリア、家臣候補のコレットちゃんを加えた4人が、我がヤマノ家が誇る、メイド少女隊である！

一部、少女ではなく幼女だったり、メイドじゃないのが混じっていたりするけど、小さいことは気にしない！

「ミツハは、大きいことでも気にしないじゃない！」

え？　コレットちゃん、人の心が読める……

「全部、声に出てるよ！」

そうですか……。


とにかく、ちょこちょこフォローはしていたけれど、少し本格的に事業を見直そう。

というわけで集めた、主要メンバー。

「ランディさん、開発状況の報告を」

初《しょ》っ端《ぱな》は、我がヤマノ領の研究開発を担う、ランディさんから。

「はい。銃の開発は、教えて戴きました『フックカッティング』と呼ばれる方法を試すべく、そのやり方を考えているのですが……」

「バレルをうまく保持して回転させる方法、その内部にカッターを送り込む方法、バレルに旋条《しじょう》を刻めるだけの強度を持ったカッターの作成等で躓《つまず》いている、と……」

つまり、進展は殆《ほとん》どなし、ってことだ。

まだ、滑腔《かっこう》銃身すら再現が難しい段階なのに、ちょっと無茶だったか……。

大砲の方は、鉄も人手もないこんな田舎で作れるはずもなく、ボーゼス伯爵に丸投げ。帆船と併行して、伯爵領で研究開発が進んでいる。

大砲の方が、見本を元にして複製するのはやりやすいだろう。ライフリングも、ライイット・システムとかならば、比較的簡単っぽい。

まぁ、まだ時間はある。私が怪我や病気で早死にする可能性は殆どないから、事故、暗殺、国から追放、とかで私が迎撃に参加できなくなった場合を除けば、何とでもなる。

私抜きで迎撃できるようになるまでの猶予期間は、まだかなりあるはずだ。地球の知識を提供し続け、ライフル銃、ライフル砲、そして炸薬《さくやく》入りの砲弾が作れるようになるのに充分な時間が……。


「ま、あまり焦らずに、少しずつ進めよう。全く成果が出ていないわけじゃないんだから……。じゃ、次は農業、林業、漁業、そして町の方の報告をお願い」

拿捕《だほ》船の所有権の3分の2を国とボーゼス伯爵に売ったり、イーラスを国に売却したりして領地予算はかなり余裕ができたけれど、それはあくまでも『臨時収入』だ、アテにして頼るべきお金じゃない。

それに、あのお金は鉱物探査や製鉄、漁船の建造、農地改良とかの先行投資に注ぎ込むべきお金だ。あぶく銭は、そういう使い方をするものであって、通常経費に組み込むべきものじゃない。競馬で儲けたお金で家計をやりくりしようと考えちゃ駄目なのと同じだ。

そして勿論、あれは領地の、領民のためのお金であり、私の個人的な老後資産にはできない。

某国から戴いた『戦争による押収資産』も、うちの領地と他国との戦争、という名目だから、私個人の資産にはならないんだよねぇ。一応王様に報告して許可を貰ったから、国にも分け前を出さなきゃなんないし……。

王都絶対防衛戦の時といい、戦争は儲かるよねぇ。
誰か、王国や領地とは関係なく、個人的に私に戦争吹っ掛けてくれないかなぁ……。

第五十八章　内　政

農業。

このあたりは砂質土壌であることから、他の地方に較べて生産力が低かったが、ノーフォーク農法を導入するには都合が良かった。なので、四圃《よんぽ》輪栽式農法ではなく、大麦栽培とクローバーをもう1回追加した、六圃《ろくほ》輪栽式農法を導入。

……但し、成果が出るのは、ずっと先。

暫くは、腐葉土とか廃棄物となった魚介類を粉砕したものとかを肥料にするくらいしかない。

でも、爆裂種のトウモロコシとか、換金性の高い作物の生産と、水飴《みずあめ》作りは順調。

もうすぐ、試作小型帆船の、ボーゼス港との運航も始まる。そうなれば、高値で作物が売れる。

よし、順風満帆、問題なし！


林業。

植樹の成果なんて、何年先になることか……。まだまだ、自然林がたくさんあるというのに。

しかし、遊戯盤の製作と、シイタケ栽培は順調。製紙も、改良の研究をしつつ、王都への売り込みを開始。順調だ。あと、楓汁《メイプル・シロップ》が採れる楓《かえで》の木がないか、探させよう。

製鉄は環境破壊が心配だけど、とりあえず、鉄鉱石を見つけないことには始まらない。予算を組んで、本格的に探鉱事業を立ち上げるか……。

でも、狭い領地だから、そんなに都合良く領内に鉱山があるかどうか……。

無けりゃ、ボーゼス伯爵領で探査させてもらって、鉱石の輸入かぁ。輸送費とか考えると、キツいなぁ。鉄鉱石は重いし、半分くらいはただの石だからなぁ……。やっぱり、砂鉄かなぁ。


漁業。

絶好調。

新たな漁船の投入、日本製の漁網、釣り具で、漁獲高激増。

塩の増産で、塩を使った加工製品も大量に作れ、道路整備と相まって、内陸方面の近隣他領への出荷が激増、王都へも運ばれている。漁網や釣り具は現地生産も始まっており、もし私がいなくなっても安泰だろう。


町。

領主直営店の品物目当てに、他領からの来訪者が増え、宿屋、食堂、商店共に売り上げ増加。

特産品である遊戯盤、水飴、そして姫巫女《ひめみこ》様人形の売れ行きも好調……、って、何だよ、最後のやつ！　聞いてないよ！

「町の発展が、村に較べてショボいです。一部の店以外は、以前とあまり変わりません。何とかテコ入れをして下さい。村の好調さに較べて、あまりにも差が大きすぎますよ！」

……あ、やっぱり？

内政に関する参謀役のミリアムさんに怒られた。

でも、村は同じ業種の一次産業か二次産業だから生産面でテコ入れができたけど、町は色々な職種があるし、サービス業は画期的な増収は望めないよねぇ。地元の人口が限られているから。

何か、町でやってる二次産業と三次産業に大きな影響が出るようなものは……。

駄目だ、人口が少ない田舎町じゃ、他領から来訪する者が落とすお金くらいしか収入源がない。

そして来訪する者達は、うちの特産品目当てで来るわけだから、仕入れや買い物にはお金を使っても、その他のことにお金を使ったりはしない。もっと、こう、買い物目当ての客頼りじゃない収入の途《みち》がないと……。

う〜ん、う〜ん、う〜〜ん……。

「ミツハ、我慢せずに行ってくれば？」

お手洗い我慢してるのと違うわっ！

しかも、大きい方我慢してるみたいじゃん、唸《うな》ってる時にそんな言い方されたら！

いったい、何を言い出すかな、コレットちゃんは……。

しかし、町を発展させるといっても、ボーゼス伯爵領のように、荒くれ者が大挙して押し掛けてきて治安が悪化するとか、人口が急激に増加するとかいうのは嫌だ。

私の義務は、この領地の人々を守ることだ。それに、金儲《かねもう》けのために他所《よそ》から流れ込んできた人達は含まれるのか？　この領地が災厄に見舞われたり、儲けの旨味がなくなれば、またすぐにここを捨てて去っていくような連中のために、危険を冒し、領の予算を注ぎ込んで守り、生活を向上させてやる必要があるのか？

……ないよね、そんな必要。

私が守り、生活の向上のために頑張るのは、元々からこの領地に住む者達と、この領地の者と結婚してやってきた人達だけでいいだろう。だから、領地の人口が流入者によって急激に膨れあがるのは避けたい。

それに、無許可で他領から流れ込まれたりすると、出奔元の領主からクレームが来るだろう。ルールを破った者達のせいで私が怒られたり、賠償金や交換条件を求められたりするのは、真っ平だ。

じゃあ、どうすればいいかと言うと……。

うん、商売だ！

いや、今やっている、地球から転送で持ち込んだ少量の品物を売るってやつじゃない。

それだと、儲かるのは私と商店関係者だけだ。そして、私がいなくなれば、終わる。

だから、もっと規模を大きくする。

そして、一番大事なことは、商品の出元が地球じゃない、ってことだ。

地球から品物を持ち込むのは、とっても簡単だ。でも、簡単だからこそ、私が自分で課した制約がある。

この世界の発展を阻害しないように。

既存の業種を圧迫し過ぎないように。

不幸な人を生み出さないように。……但し、悪党は除く！

私が急にいなくなっても、困る人があまりいないように。

スカートのプリーツは乱さないように。

白いセーラーカラーは翻《ひるがえ》さないように。

……って、うるさいわ！

とにかく、必要なのは、『輸出元が、この世界の国』だってことだ。

それならば、異世界から持ち込んだ物や技術によってこの世界が、とかいう心配をしなくて済む。元々、この世界にあった物資と技術なんだから。それを、ちょっと斬新な輸送手段で運んだだけ。

オーケーオーケー、充分許容範囲内だ！

そして私がいなくなっても、別に問題はないだろう。その頃までには、工具や技術をパクって、うちの領地で似たようなものを作れるようになっているだろうから。

なので、品物は、小麦とか肉とかの一次産業的なものじゃなく、軽工業的なやつを狙おう。重工業、つまり造船やら、たたら製鉄じゃない本格的な製鉄とかは、国に任せなきゃ駄目だろう。石炭とかも。こんな小さな領地で重工業なんか企んだら、一瞬で自然が破壊されてしまう。

そもそも、資源も人間も全然足りないから、お話にもならないけど。

そして、必要なのは、技術者の招聘《しょうへい》だ。

資源のない小さな領地が栄えるためには、技術力しかない。そして私には、『技術者』にアテがある上、輸送のための費用や時間を気にすることなく、必要な加工済みの原材料を簡単に輸入することができる。そして勿論《もちろん》、すぐにそれらの加工を自前でできるように技術をパクるのである。

よし、これだ！　これで行こう！

「……終わった？」

「え？　何が？」

コレットちゃんが突然尋ねてきたけど、何を……。

「妄想タイム」

うるさいわ！　前に、隊長さんにも言われたわっ!!

いや、急に黙り込んで、ひとりで考え込んだものだから、みんながじっと待ってくれていたのは、申し訳なかった。でも、別に居眠りしていたとかじゃなくて、ミリアムさんに指摘された件について考え込んでただけじゃない！

よし、今から、それを証明しよう！

「町の人達には、他国との貿易、そしてそれで入手したものを加工して販売して貰《もら》います。そのうち、うちの領地で採れたものを使って輸入品に代えられるようにして、純領地産として作れるようにして貰います」

そう、家内制手工業というか、そういったものから、少し前に進んだやつを目指すのだ。

そして更に、昔、技術力に劣る日本が外貨獲得の切り札として頼った、アレである。

……養蚕《ようさん》。

蚕《かいこ》の繭《まゆ》から生糸を作り、そして絹を織《お》る。

ここの気候なら、桑の生育には問題ないはず。そして養蚕は、知識と蚕への尊敬の念と愛情さえあれば、技術的に劣っていても、何とかなるはず。

桑は、葉は蚕の餌、実は人間の食用、根皮は生薬、そして木材としてや、製紙の材料としても使える。……って、捨てるとこ、ないんじゃね？

よし、いける！

養蚕だけに、ようさん作りまっせ！

……って、誰が関西人やねん！

＊　＊

「ミツハさん、父を経由して、王宮からミツハさんと接触をしたい旨の連絡が来ました」

「うわぁ……」

商品の補充のために倉庫へ行ったら、レフィリアからの私宛の貼り紙がしてあったため、事務所の方へ顔を出したところ、そんなことを言われた。

まぁ、王族に会っても、別に緊張したり恐れ入ったりはしないけどね。……もう、慣れたよ。

それに、他国の王様に、面と向かって喧嘩《けんか》を売ったりもしたから、今更だ。

本拠地にしているわけでもない国で身の危険を感じたら、転移で逃げれば済むことだしね。

さすがに、いきなり問答無用でヘッドショットで一発即死、ってことはないだろう。私は、殺しても利益にはならないからね。生かしておいてこそカネになる、と思ってもらえているだろうから、その点、安心だ。

それで、姿を消した私と一番連絡が取れそうな者、ということで、唯一の取引相手であるレフィリア貿易の責任者であるレフィリアに接触してきたというわけなのだろう。王宮からの頼みを断れるはずがなく、そしてレフィリアが逆らうことのできない相手、つまりレフィリアの父親を経由して。

「まだ、何も返事していません。断っていいですよね、『私にも連絡が取れない』ということにして……」

「うん、パス！　だって、私は怒りのあまりこの国を出て、しばらく周辺諸国を漫遊してるんだから、レフィリアも私に連絡の取りようがないよね？　そういうことで！」

「あはは、やっぱり……。で、本当に他国にも？」

やっぱり、そこが気になるよねぇ、レフィリア、いや、『商人』としては……。

「うん、この国にしか販売拠点がないと、何かあった時に強く出られないし、政変とか戦争とかでゴタゴタした時に困るからねぇ。

あ、レフィリア貿易にとって不利になるような値付けにはしないから、安心してね」

「お願いしますよぉ、ホントに……」

今、私に見捨てられれば、できたばかりのレフィリア貿易は潰れるだろう。うちからの輸入品を武器にしてのし上がり、早くうちからの商品無しでもやっていけるように足固めをしなくちゃね。

ガンバ！

そして、それはともかくとして、王宮、つまり国王が一介の他国の貴族、それも子爵程度の小娘をわざわざ呼び付けようとするのは、ちょっと腑《ふ》に落ちない。

「しかし、何の用で、私なんかを……」

少し考え込んでいると、レフィリアが呆《あき》れたような声を上げた。

「何言ってるんですか！　聞いてますよ、噂《うわさ》を！　真珠のネックレス、紅玉《ルビー》、エメラルド……。そして今、お酒と香辛料、高級食材の供給元として、王都中の、いえ、国中の貴族や商人達の噂を独占しておいて、よくそんなことを……」

いや、別に、怒らなくてもいいじゃん、怒らなくても……。

「でも、貿易の件で私の名が出てるのは、一部の人達の間だけでしょ？　噂の大半は、それらの商品を独占販売している、商業界に彗星《すいせい》のように現れた美貌の少女商会主についてなんじゃないのかな？」

「うっ……」

やはり。

いや、レフィリアを選んだのは、そのあたりの弾避《たまよ》け効果というか、煙幕役も期待してのことなんだよね、勿論。これで、矢面《やおもて》に立たされるのは、レフィリアになる。ふははははは！

「それはいいんだけどさ……」

「いいんですか！」

何か言いたそうなレフィリアはスルーして、本日の用件をば……。

「何か、輸出してくれない？」

「へぁ？」

おかしな声を漏らしたレフィリアに、ちゃんと説明した。

貿易たるもの、品物の遣り取りをしなくては駄目である、と。

片方が金貨で買ってばかりでは、それは良い関係ではないのではないか、と……。

「なので、今度は、うちが何かを買うべきだと思うんだよ。それに、帰りの船が空荷というのは、商人の名折れだよ！」

「おおお！　その通りです、さすがミツハさんです、さすミツです‼」

よし、摑《つか》みはＯＫ！

「それで、うちでいい値で売れそうなものなんだけど……」

斯《か》くして、レフィリアに輸出品、うちにとっては輸入品だけど、それの入手を依頼した。

こんなこともあろうかと、色々な店を見て廻《まわ》り、工業製品のレベルや、一般商店で買えるもの、問屋や工房とかの特殊な店で買えるもの、そして素人では入手できないもの等のチェックを済ませてある。

……勿論、一般の品も、小売店ではなく卸元で大量購入することによって安く買い叩《たた》いて貰うつもりだけどね。そのためなら、ウイスキーやらブランデーやらを贈り物として使うことを許可した。これで、話が進みやすくなるだろう。

武器は、使わなくちゃね。使ってナンボ、だ。

……私には、標準装備であるはずの、『女の武器』が装備されていないから……、って、うるさいわ!!

これで、あとはヤマノ港（漁村の浮き桟橋のあたりを、そう命名した。伯爵領の『ボーゼス港』への対抗上……）に倉庫を建てて、夜間に船で運んだ振りをしてそこに荷を転送すればいい。

そして、日本の自宅へ転移して、日本用の服に着替えて、お出掛け。

行き先は、お馴染《なじ》み、腐女子……、いやいや、『貴腐人』店長が経営する、乙女洋裁店。


「店長さん、外国のお店と姉妹店になってくれないかなぁ？」

「な、何ですとおおぉ～～っっ!!」

そう。店長が作るドレスは、売れる。

そして、絹は私が住んでいる国にも僅かばかり輸入されているが、馬鹿高い。質も今ひとつだ。

領地での養蚕を企んではいるものの、桑の木の栽植から始めて、養蚕に成功するまで、いったい何年かかるやら。イギリスでは、長期に亘《わた》って蚕を育てることに失敗し続けたというし……。

なので、最初は地球から絹を割安価格で輸入して、それをうちの領地で加工し、製品として売り出そうというわけだ。絹のまま売ったんじゃ、ただの転売に過ぎず、私が地球から運ぶのをやめたらどうにもならない。

それで、地球から輸入した絹で衣服やバッグ、そして財布等の小物や日傘等を作るのである。

間違いなく、売れる。それも、高額で。

既存のものとの競合は、まぁ、仕方ない。

でも、今出回っているのは他国からの輸入品だし、ほんの少量だ。輸入商人達は、別に絹の取り扱いだけで商売をしているわけじゃないし、輸出国にとっては、うちの国は数多くある輸出先のひとつに過ぎない。

それに、世界中の需要に対して、小さな村で作れる量なんて、たかが知れている。うちで作るのは、ごく一部にしか出回らない超高級品になる予定だから、一般市場にはあまり関係ないし。

そして、『絹は黄金に等しい』と知れば、村の人達も真剣に桑の栽植と養蚕に励んでくれるだろう。実際に稼げるところを見せずに、銅貨1枚の収入にもならない状態で何年も桑を育てたり蚕の世話をしたりするのは、士気が低下するだろうからね。

うん、人間を真面目に働かせるには、ニンジンを見せてやらないとね。

まずは、絹を輸入して、製品を作ることから。

その次に、生糸を輸入して、織物を。

そしてその後に、併行して進める予定の養蚕が、なんとか形になってくれれば……。

順番が、完全に逆転してる？　い～んだよ、細かいことは！

そして村での養蚕に成功すれば、『他国からの絹や生糸の輸入』はやめて、完全な領地産に切り替える。そうなれば、いつ私がいなくなっても、この領地は大丈夫だ。領民から搾取する、悪の領主がやってこない限り。

でも、その頃には、ちゃんと『理不尽な領主を潰す方法』とかを領民に仕込んでおくから、問題ない。

いや、一揆《いっき》とかじゃないよ。国王陛下や他領に領主の悪事を広めて、穏便にお家お取り潰し、新たな領主がやってくるようにする方法とかを……。

何度かそれが繰り返されれば、そのうちまともな領主が来るか、やってきた領主がまともな領地運営をするようになるかの、どちらかになるだろう。

……え？　お家お取り潰しは『穏便な方法』じゃない？　そうですか……。

とにかく、だ。

「田舎には電気も通っていないような国で、手縫いで貴族のお嬢様のドレスを作ったり、色々な絹製品を作るお店を開くつもりです。そして、人材を育て、行く行くは領地の主要産業、そして国の収入源へと……。

そのための、アドバイスや技術指導、そして絹や生糸の仕入れの手配等をお願いしたく……。お店の名が広まれば、お店を支えた外国人の凄腕デザイナーとして貴族のパーティーに招待されたり……。

そして、国に大きな収益をもたらすようになって功績を認められれば、一代爵位とか名誉爵位とかを貰える可能性も、微レ存（微粒子レベルで存在する）かも……」

「ぎ……」

「ぎ？」

「ぎゃあああああぁ～～!!」

あ、気を失った……。

＊　　＊

あれから、長い年月が過ぎ去った……。

……具体的には、1ヵ月くらい。

そしてヤマノ港には輸入擬装用の小さな倉庫が建ち、町には洋裁のための作業場が造られた。

洋裁の方は、作業場兼新人養成所である。最初は、高い絹《シルク》ではなく、安い綿《コットン》を使って練習させ、その結果できるであろう、失敗作というか不良品というか……、まぁ、売り物になりそうにないものは、領民に安く売るか、王都で孤児院や浮浪児達に寄付してもいい。

但し、それら不良品の製造元は極秘。そんな低品質のものがうちの領地産だと思われて、将来のうちのブランド名に傷が付いちゃうと困るからね。

ここで養成するのは、紳士や御婦人用のコート、スーツ等を作る『テイラー』ではなく、主に御婦人用のドレス等を作る『ドレスメーカー』である。

テイラーの方は、将来的に余裕ができたら手を出す予定。

作業場は、まだ建屋《たてや》だけで、中身は空っぽ。

店長は、綿や麻、絹の仕入れのためのルートを開拓してくれている。

うん、別に店長は今の店を閉めるだとか、こっちへ来て指導するとかいうわけじゃない。今の店で普通に仕事を続けつつ、私が持ち込む様々な相談事の相手をしてくれたり、デザインや縫製の指導にあたってくれるだけだ。あくまでもここは、『地球の、開発途上国』ということで。

そしてその説明書や口頭での指導を、私がこちらの世界に持ち帰って伝えたり、ごくたまには、うちの縫製要員を店長の店へ連れていって、私の通訳で直接指導して貰うことも考えている。

……以前アデレートちゃんを採寸のために連れていった時のような感じで、うまく誤魔化して……。

そして時には、超高級品として、店長さんに日本の技術でドレスを作ってもらえば、うちの領地産のドレスのブランド化は容易《たやす》い……はずだ。

養蚕は、長期的な事業として、ゆっくりと。焦っても、碌《ろく》な事にはならないだろうからね。

店長も、洋裁のプロではあっても、養蚕にはあまり詳しくないだろう。

シルクの歴史、とかなら知っていても、蚕の病気だとか、蚕が食欲不振の時にはどうすればいいかとか、温度や湿度の管理、蚕が美味しく感じる桑の葉のコンディションとか、そういった現場の知識的なことは、そのあたりの本で調べても分かるようなものじゃない。

そのうち、経験者のところへ行って、色々と教わるしかないか……。

世界には、まだ結構昔のやり方で養蚕をしている人達も大勢いる。その中には、後進に道を譲るために現役を退いたものの、まだ物足りない思いをしている人がいるかもしれない。

そういう人に充分な報酬と、希望に燃え知識に飢えた若者達を指導するという仕事を与え、そしてその名を国の歴史書と会社の社史に刻み込み、更に商品名として国中に、世界中に広めてあげると言われたら、『寝ている間に飛行機で運ばれて着いた、地球のどこかにある開発途上国』で数年間の単身赴任生活をしてくれる人もいるかもしれない。

電話やメールは使えないけど、手紙なら家族に届けてあげられる。

そして、『世界中に』とは言っても、『地球の』とは言わなければ、問題ない。

また、養蚕をクリアしても、その先には『製糸』という大きな壁が立ち塞がっている。

現在は機械で行われている乾燥・貯繭《ちょけん》、選繭《せんけん》、煮繭《しゃけん》、繰糸《そうし》、揚返《あげかえ》しとか、全て、温度や湿度、力加減、その他色々な、職人の技が要求される。これを、空調やボイラー、検査用の照明器具、自動繰糸機とかがない世界で再現するのは、至難の業だろう。

……いや、昔の人は、そういう機械なしで、ちゃんとやっていたんだろうけど。

そして、こっちの世界にも、絹はある。それなりにやっているのだろうな。

こっちでのやり方を学ぶのは、……教えてくれるわけがないか。それこそ、それぞれの製糸工房の秘伝であり、門外不出かもしれない。ま、現代地球でのやり方を調べて、それをここの技術で再現することを考えた方が簡単か。１００パーセント再現できなくても、ここの世界でのやり方よりは質のいいものができるだろう。……多分。

……まぁ、そういうのも、絹製品の販売の目途が立ってからの話だ。製品の販路も確立できていないのに、いきなり手を広げすぎても仕方ない。

当分は、絹として輸入。そして後には生糸を、主に中国、インド、ブラジル等から仕入れて、織物や編物を作る段階からの作業にしよう。養蚕は、まだまだ、ずっと先の話だ。

で、織物は昔の手動織機あたりからスタートかな……。

勿論、店長さんが手動織機の使い手であるわけがない。

店長さんには、地球で買ってきた絹織物、つまり『もう出来てるやつ』からの縫製を、みんなに指導してもらう。これは、比較的早く開始できるだろう。

そして、織物部門は、昔の手動織機の再現から始めるので、製品の製造開始まではかなりの時間が掛かる。まぁ、ここで製造できるレベルの動力なし織機の中では一番効率的なものを作るつもりだから、何とかそれが形にさえなれば、後は何とか……。

勿論、最初は地球産のもので開始する。どこかで手動のが手に入るかな。外国？　博物館？

ううむ、機械工作ができる技術者が欲しい！　銃のこともあるし、鉄を加工できる機械と、人材が……。

……『みんな助けて！　子爵領経営記』？

あそこでアイディアか人材を募集するか？

いや、しかし、あまり派手にやって、もし『ナノハ王女』としての私を知っている者の目に留まったら？　異世界のことに気付いた者に情報を売られたり、何かを企まれたりしたら？

自分が望む仕事ができるなら絶対に裏切らない、という、店長さんのような、分かりやすい人はあんまりいないからなぁ……。

でも、私ひとりじゃ、到底手が回らない。

うむむむ……。

ま、焦っても仕方ない。のんびり行こう！

あっちもこっちも、全力でやっていたら身体が保《も》たないよ。

これでも、他の田舎領よりはずっとマシな状態のはずだ。餓死する者も、子供を間引いたり人買いに売る者も、老人を山に捨てに行く者も、領地から逃げ出す者もいない。それだけでも、大したものだ。……ここは、そういう世界なのだから。

そして、あまりにも急激な変化や、近隣他領との極端な差は、余計な軋轢《あつれき》を生むだろう。無理やゴリ押しは禁物だ。

他にも、陶器やら何やらの案もあるけれど、手が足りない……。

やっぱり、技術者が欲しい。技術者が……。

地球で募集する？　いや、それは最後の手段だ。医師のマッコイさんにも言った通り、もし地球から連れてきた人達がこちらの世界にいる時に、私の身に何かあれば？　こちらの世界に取り残された人達はどうなる？　その人自身もだけど、地球に戻れなくなって自棄《やけ》になったり、野望に燃えたりして、地球の知識を悪用して世界征服を企んだりしたら？

……胸熱だ。

いや、そうじゃなくて！

まだまだ時間はあるし、こんなド田舎の小さな町村で、そんなに急激な変化が起きたら、みんながついてこられない。急に金回りが良くなったりしたら、贅沢《ぜいたく》や酒、博打に溺れたり、他所からヤクザや詐欺師がやってきて、とか、色々あるし……。

みんなは、『姫巫女様の領地で悪さをしようとする者なんかいない』と言うけれど、それは、人間の悪意とか金や権力に対する執念とかを甘く見過ぎだ。それに、やってくるのはこの国の者達だけとは限らないしね。

他国から来た者は、私のことを『神輿《みこし》に担がれただけの、ただの貴族の小娘』と思っている者も多いはず。今までは全く価値のない貧乏な田舎領だと思われて……、って、事実その通りだったけど……、おかしな連中がやってくるようなことはなかったらしいけれど、裕福になれば、金目当ての連中が、それなりにやってくるかも。

うちは、基本的に、小悪党は看過しない。……勿論、大悪党も。

ま、たかだか総人口700人弱の領地に、生産性のない犯罪者や寄生虫を養う余裕はないよ。賄賂やら何やらで、そいつらを見逃すような役人とかもね。

犯罪者達が、証拠を残さずうまくやっても、そんなの関係ない。

何しろ、領内においては私が、立法機関であり、行政機関であり、そして司法機関だ。

三権分立？　何、ソレ。美味しいの？

とにかく、王宮から口出しされるような、国の根幹に関わるようなことにでもならない限り、領内のことは私の自由なのだから、悪党を処分するのには、『私がそう決めた』という理由だけで充分であり、別に証拠も何も必要ない。

それが『善き領民達』の反発を買うことであればともかく、いや、それすらも含めて、私のやりたい放題なのである。少なくとも、悪党や犯罪者の処分に関しては。

ビバ、封建制度！

＊　　＊

……って、あれからそろそろ１ヵ月だ。

時々レフィリア貿易に商品を納めに行くだけで、向こうがどういう状況になっているか、全然分からない。

レフィリアも、商売としてはかなり名を売ってきたらしいけれど、貴族のパーティーに出るわけじゃないし、他の商人達とも、商売の話や世間話はしても、貴族のこととかはあまり話題に上らないらしい。

まぁ、いくら飛ぶ鳥を落とす勢いの新興商家の経営者とはいえ、15～16歳くらいの少女相手にデリケートな貴族の話題を振るのもどうかと思われるのは、仕方ないだろう。それも、当事者に対して……。

魅力的な商品を独占販売しているとはいえ、商人としては新米も新米、自分の商店の手代並みの経験も無さそうな、自分の子供や孫と同年代の少女に対して、危険な話題を振りたくはないだろう。それも、その少女自身がどっぷりと関わっていることとなると……。

そういうわけで、そろそろ状況確認をしなきゃ。こちらとしても、市場に食い込んで、色々と影響力を強めたいし……。

「また、忙しくなるの？」

「あ、うん……」

目敏《めざと》く私の表情から心中を察知したらしきコレットちゃん。

一応、コレットちゃんには、私が新大陸で色々とやっていることは簡単に説明してある。

サビーネちゃんには何も言っていない。サビーネちゃんに教えると、王様に伝わる可能性や、お友達としてではなく、『第三王女殿下』として何か言われると厄介だからね。

でも、主に安全上の理由とお風呂・お手洗いの事情から、基本的に新大陸では宿泊せずにこちらへ戻っているし、毎日連続して行っているわけでもない。だから、コレットちゃんもサビーネちゃんも、ずっと放置しているわけじゃないんだけどなぁ……。

「家臣候補なんだから、勉強も兼ねて、私も手伝いたい！」

　そんなことを言い出したコレットちゃんだけど、コレットちゃんもサビーネちゃんも、向こうの言葉を話せないし、私にとっては人質としての価値が高すぎるから、ごく一時的な場合を除いて、新大陸には連れて行けないんだよねぇ……。

「コレットちゃんは、向こうの言葉を話せないからね。『ニホン』へは、時々連れていってあげるから、それで我慢して……」

『しゃべれるよ？』

「え？」

『うちに帰化した、船の乗員だった人達から教わった。まさか、私が言われたことしか勉強していないとか思ってたりしないよね？』

「げぇっ！」

　実際には、発音や文法が少し怪しい、たどたどしい喋《しゃべ》り方であるが、『言語自動習得機能』が、『コレットちゃんが喋る、少し怪しい新大陸語』というカテゴリーの言語を頭に焼き付けてしまったため、私にはコレットちゃんが新大陸の言葉で言っていることがスムーズに聞こえ、完全に理解できる。


　……何じゃ、そりゃあぁ～～!!

第五十九章　決　裂

「こんにちは～！」

「おお、嬢ちゃん、無事だったか！」

そう言って迎えてくれたのは、お馴染《なじ》み、お隣の警備隊詰所のおじさん達。

こういう世界だから、長旅に出たり、長期間に亘《わた》って姿を見せなかった場合、身を案じるのは当然のことらしい。盗賊、怪我、病気。人が簡単に死ぬ世界だからね。

「例によって、色々な連中が訪ねて来てたぞ。貴族の使い、商人、雇ってくれという執事やメイド候補達、その他諸々……。

雇用希望の連中、ありゃ、新人じゃなくて、どこかで働いていた連中だな。それも、かなりのベテランだ。……嬢ちゃんなら、分かるよな？」

うん、どこかに雇われている者が、スパイとして差し向けられた、ってことか。

「間諜《かんちょう》なら、間に合ってるよ」

「ははは……」

そして取り出す、差し入れ。

「今回は、旅のお土産だから、ちょっと豪華だよ」

うん、1ヵ月間、それとなくうちの店を見守ってくれていたんだから、警備料としては安いもんだ。

ウイスキー、ブランデー、饅頭《まんじゅう》、アーモンドチョコ、そしてクッキー。

ちなみに、クッキーは私の手作りだ。たまには作らないと、腕が鈍って、女子力が低下しちゃうからね。身体が貧弱な分、ここらでカバーしないと……、って、うるさいわっっ!!

「「おおおおお!!」」

「ちゃんと、あとの4人と分けて下さいよ！」

うん、あとの4人は巡回中らしく、今いるのは、ふたりだけ。

余計なことを言わなくても、自分達だけで独占するような人達じゃないのは分かっているけど、ま、軽いフレンドリートーク、ってやつだ。

「……で、その子は？」

うん、コレットちゃんだ。

……脅しに屈したんだよ!!

あれは卑怯《ひきょう》だよ、コレットちゃん……。

「妹だよ。コレットっていうの。私を追いかけて来ちゃって……」

「コレットです、ドゾ、ヨロシク……」

「お、おお、よろしくな、嬢ちゃん！」

警備隊のおじさんは、感心したような顔。

そりゃそうだ。コレットちゃんの喋《しゃべ》り方から、コレットちゃんの母国語はここの言葉じゃないのは丸分かり。それが、姉を追いかけるためにごく短期間のうちに他国の言葉をここまで習得したというのは、10歳そこそこの子供、それも贅沢《ぜいたく》に我《わ》が儘《まま》放題に育ったであろう上流階級の少女にとって、どれだけの努力を必要としたことか……。

まともな教材も、音感学習用のＤＶＤもないこの世界でのそれは、まさに驚嘆に値することであろう。おじさんが感心するのは、当たり前だ。

事実、日本語や英語の学習にはアニメや語学学習用のＤＶＤとかを使ったけれど、ここの言葉の学習には、そんなものはなかった。帰化した船員さん達のために私が作った簡単な辞書だけで、あとは船員さん達と互いに言葉を教え合って学んだ、完全な独学だ。しかも、日本語と英語を学ぶのと併行して……。

その、あまりの執念が怖いよ……。

でも、それって、私と一緒にいたい、私を手伝い、助けたい、っていうコレットちゃんの想いがさせたことなんだよねぇ。コレットちゃん、そこまで私のことを……。


「ミツハ！　ミツハってば！」

あ、イカンイカン、つい感動に浸って、トリップしてた……。

とにかく、今ではコレットちゃんも行儀作法を身に付け、ちょっと高級な服も着慣れ、田舎の村娘ではなく、大都市の商家の娘くらいには見えるようになっている。なので、ちょっとお転婆な下級貴族の娘とか、お忍びでわざと少し粗野に振る舞っている上級貴族家の三女とかならば、通らなくもないだろう。

なので、ここでは私達は姉妹だということにした。腹違いの兄弟姉妹など、貴族の間では当たり前だ。特に私は外見的にも、遠国から政略結婚で嫁いだ第三夫人あたりの子供とか、愛人の子供とか思われている可能性が高いしね。

そもそも、ここではコレットちゃんとはマブダチモードのままでいたいからね。領主・家臣モードは、それがどうしても必要な時だけで充分だ。

「じゃあ、引き続き、よろしくお願いしますね！」

「おぅ、こっちこそ、よろしくな！」

よし、これで警備隊詰所との顔繋《つな》ぎはＯＫ！

コレットちゃんのことも、あとの４人にちゃんと伝えてくれるだろう。

さて、お次は、と……。

「たのも～う！」

「……暫し、お待ちを……」

うむ、勝手知ったる、みっちゃんち。……新大陸の方ね。

門番のお兄さんも私の顔を覚えてくれたらしく、今更用件を聞かれることもない。

うん、普通ならば何時《いつ》のアポを取りたいのかを確認するところなんだろうけど、直接侯爵に取り次いでくれるんだろうな、多分。

よしよし、大分、私に慣れてきたようだな……。

「ミツハ、普通の人に、ミツハのやり方に慣れさせたりしちゃダメだよ！」

……そう？


「どうぞ、侯爵様がお会いになります」

そして、すぐに戻ってきた門番のお兄さんに案内されて、応接の間に。

「どこで、何をしておった!!」

「ひえっ！」

いきなり、怒鳴りつけられたよ。

「いったい、何を怒って……」

「これが、怒らずにいられるかっ！」

侯爵、大激怒！

いや、何でやねん……。

「なぜ、1ヵ月もの間、何の連絡もなく行方をくらませた！

そりゃ、あんなことがあったのだから、しばらくパーティーに出ないというのは分かる。しかし、あんな形で姿を消した後、何の連絡もなく1ヵ月、というのは、どういうことだ！　自宅である物産店、レフィリア貿易、取引銀行、その他あらゆるところへ毎日使いを出して調べて廻《まわ》っても、何の手掛かりもないこの1ヵ月、儂《わし》らが、いったいどれだけ心配したと……」

あ〜……。

まぁ、確かに、心配掛けたのは悪かった。でも……。

「その原因は、『ミッチェル侯爵様に勧められて出席したパーティーで、騙《だま》されて陥れられておかしな連中に売られそうになったせい』なんですけど、その辺はどうなんですか、侯爵様？」

「うっ……」

「私があの連中に受けた仕打ちも、それからずっと避けているということも御存じのはずですよね？　なのに、あの時、庇《かば》って下さる素振りもありませんでしたよね？」

「ううっ……」

よし、困ってる困ってる……。

小娘だと思って、怒鳴れば自分が有利になる、とか思ってもらっちゃ困るよ。

それに、いくら侯爵様と子爵風情とはいっても、国が違うんだから、言いなりになる必要なんかない。爵位が上であれば他国の貴族にも好き勝手に命令できる、なんて馬鹿な話はないよ。

ボーゼス伯爵様にも何度か怒られたけど、あれは、私を心配して『叱ってくれた』んだ。自分の利害関係を気にして、腹立ち紛れに怒鳴りつけたミッチェル侯爵とは違う。

　さっきの、『どれだけ心配したと』というのは、私の心配じゃなくて、私がいなくなると自分達が利益を得られなくなって困る、という心配だってことだ。

　侯爵の紹介で、侯爵に連れられて行ったパーティーであんな目に遭わされて、それでも社交界復帰の挨拶にと、一番に報告に来たというのに、会って第一声が、謝罪の言葉ではなく、腹立ち紛れの怒鳴り声。

　ないわ～。

　それは、ちょっと、ないわ～……。

　そう思って、罪悪感の欠片もない眼で侯爵を睨《にら》み付けてやった。

「…………」

　まさか私がそんな態度に出るとは思わなかったらしく、驚いたような顔で、少し慌てているような侯爵。

　ま、最初に怒鳴りつけて、この後の会話の主導権を握ろうとでもしたのかな。何か、自分達に都合の良い条件でも押し付けようとして……。

　でも、そういうのは、間に合ってる。

　侯爵の横で、蒼《あお》い顔をして固まっているみっちゃんには申し訳ないけど、私は、ＷＩＮ－ＷＩＮの関係で、互いにメリットのある協力者として侯爵とお付き合いしているつもりだったんだ。

　それを、自分がやらかしたことを謝りもせず、一方的に怒鳴りつけてマウントを取り、自分に有利なようにしようとするなら、もう、用はないよ。

「……帰ります」

そう言って、席に着くこともなく背を向けた。

「……ま、待て！　何を勝手なことを……」

一瞬反応が遅れた後、焦ったように侯爵が声を掛けてきた。

「陛下が謁見を、との仰せだ、その件についての話を……」

ははぁん、それが理由か。レフィリアの方だけじゃなく、こっち側にも王宮からの根回しが来たわけか……。

でも、どうしてその程度のことで、こんな高圧的な態度を？

普通に伝えればいいものを、マウントを取って私が断れないように追い込もうとした理由は何だ？

こりゃ、何か裏がありそうだなぁ……。

ならば、返事はひとつ！

「お断りします！」

「……え？」

立ち止まり、振り向いてそう答えると、侯爵はぽかんとした顔をしていた。

ま、普通は、即答で断られるとは思わないか。

「だって、私、別にここの王様の家臣じゃないですから、お誘いならばともかく、命令を聞く必要はありませんよね。

それに、私は『今の身分』で他国の王にお会いして、『今の立場の私』に対して色々と要求やら命令やらをされると、困ったことになりますので……」

「あ……」

私の言葉に、何やら思い当たることがあるらしい侯爵。

うん、今までずっと、そう思えるように言葉の端々に色々とヒントを仕込んでいたからねぇ。

そう、今の私はただの下級貴族の身分を名乗っており、それはそれでちゃんと爵位を持っているから嘘《うそ》ではないけれど、実は他の身分、つまり『王族の一員』としての身分と立場も持っている、というように『受け取れなくもない』という、微妙な言い回しをしていたんだよね。

だから、ここの国王に、『ただの下級貴族に対するように、一方的な要望や高圧的な態度での命令、ゴリ押し等をされて、他国の王族がそれをハイハイと受け入れるわけにはいかない。なので、今名乗っている身分のままで国王に謁見することはできない』と思わせたわけだ。

そして私は、何ひとつとして嘘は吐《つ》いていない。正直に本当のことを言っているのに、それを誤解するのは、向こうの勝手であり、向こうの責任だ。

「………………」

そして、あまりにも真っ当な私の説明に、返す言葉が浮かばないらしく絶句している侯爵。

よし、ここで、トドメだ！

「もし無理を言われるようならば、他の、道理の分かる派閥の方にお世話になるか、貿易の拠点を他国に移そうかと思います」

「なっ！」

既に充分顔色が悪くなっていた侯爵、もはや顔面蒼白《そうはく》である。

……うん、自分が下手《へた》打って私を派閥から追い出す形になったり、他国へ移動する原因となったりすれば、大事《おおごと》だろうからねぇ。

「では、これにて失礼を」

侯爵にそう言った後、泣きそうな顔のまま黙って見ていたみっちゃんに向かって、にっこりと微笑んで、ひと言。

「じゃあ、またね、みっちゃん！」

うん、これは、侯爵とは仲違《なかたが》いしても、みっちゃんとはお友達のままだよ、という、私の意思表示だ。

だって、侯爵の娘だから、みっちゃんとお友達になったわけじゃない。

逆だ、逆！

爵位なんか関係ない。私がお友達になったのは、あの時、ネタが滑って困っていた私に厚意で手を差し伸べてくれた、誇り高きツンデレの、優しい少女だ。侯爵の方が、『たまたま、私のお友達の父親だった』というに過ぎない。

そう、侯爵が、娘のツンデレ……じゃない、『娘の伝手《ツテ》で、私と知り合いになれた』のであって、決して、その逆じゃない。

そして、頭のいいみっちゃんは、すぐに私の意図を察して、ぎこちない笑みを浮かべてくれた。

その右手首が、腰の辺りで小さく振られている。……いわゆる、『ごきげんよう』というやつだ。

私も、同じように、腰の辺りで小さく手を振った。

よし、離脱！

＊　＊

「あああああ、やってしまった！　やってしまったああああぁ!!」

ミツハが完全に屋敷から出た頃、ミッチェル侯爵が頭を抱えて叫んでいた。

「だって、仕方ないだろう！　他国の、年端《としは》も行かぬ少女に対する対応など、したことがないのだぞ！　そして、今まで侯爵と子爵としての立場で普通に話していたではないか、時々ぞんざいな口調になる時はあったが、一応は敬語を使うようにしておったようであるし……。

それが、どうして急に、あんなに態度を硬化させたのだ……」

娘のミシュリーヌは、最初は侯爵とミツハが話している時に同席していなかった。侯爵が、ミツハを責めて優位に立とうとしていたため、それを娘に見せたくなかったのである。

しかし、ミツハが社交界でも物産店でも全く姿を見せなくなったということを聞き及んでいたミシュリーヌは、ミツハが来訪したと聞いてすぐに応接の間へとやってきたため、話の大半は聞いていた。貴族家の当主同士としての話であったため、口を挟むことはなかったが……。

だが、今現在は、ミツハに見限られかけている父親より、『お友達』のままである自分の方が、ミツハに対する影響力が遥《はる》かに大きい。なので、ずけずけと、遠慮のない言葉を父親に対して叩《たた》き付けた。

「……馬鹿なのですか、お父様は……。おかしなことを企むから怒らせたに決まっているでしょう。

ミツハは、ああ見えて、結構頭が廻るのですよ。伊達《だて》に自国の今後の政策を左右する情報収集員兼尖兵《せんぺい》として派遣されているわけではないでしょう。

おそらく、政略結婚用の姉姫様達とは別の、『実用品としての、懐　刀《ふところがたな》』として育てられたのでしょう、側妃か愛人の子が……。

但し、道具としてではなく、愛情たっぷりに。

お父様、今までミツハと話していて、それくらいのことにお気付きにならなかったのですか？」

……愕然《がくぜん》。

ミッチェル侯爵は、愕然として固まっていた。

しかしそれは、娘に指摘されたミツハについての考察のためではない。

『馬鹿なのですか』と言われた。愛する娘、ミシュリーヌに……。

今まで、侯爵である自分を尊敬し、屋敷にいる時はいつも自分のあとをついて廻っていた、あの可愛いミシュリーヌが、ば、『馬鹿なのですか』と……。

それはまるで、世界が崩壊したかのような衝撃であった。

そして、娘にとっての一番が、家族である自分ではなく、他人である『友人』へと変わった瞬間。

それはすなわち、娘が『籠の鳥』から外の世界へと飛び立った瞬間である。

めでたい。

めでたいはずであるが、無性に悲しくて、湧き上がる悔しさを抑えきれないミッチェル侯爵であった……。

「……ところで、さっきミツハと一緒にいた女の子は、誰ですか？」

「はて？」

コレットちゃんの、ミッチェル侯爵家への正式なお披露目は、もうしばらく先になりそうであった……。

＊　　＊

「ミツハ、さっきの人、ミツハのこの国での後見役じゃなかったの？　あれで良かったの？」

コレットちゃんが心配そうにそう聞いてきたけれど、別に構わない。

「協定を結んでるわけじゃないし、恩義があるわけでもないし……。逆に、お友達のお父さんだからというだけの理由で、色々と美味しいとこを任せてあげてただけだよ。

それを、勘違いして調子に乗られたんじゃ、切っても構わないでしょ」

「何だ、その程度の相手だったんだ。うちの領主様とは、立場が全然違うんだ……」

え？

「あ、ごめん、ボーゼス伯爵様のことだよ！」

何だ。

今のコレットちゃんの領主様は、この私なんだからね！　浮気は許さないよ！

ま、とにかく、侯爵には、『もし無理を言われるようならば、他の、道理の分かる派閥の方にお世話になるか、貿易の拠点を他国に移そうかと思います』と言っただけだ。

『もし（これ以上）無理を言われるようならば』であり、そうなれば、『移そうかと思います』というだけのことであって、何も、今すぐにそうすると言ったわけでも、既にアウトだと言ったわけでもない。考え直して、おかしなゴリ押しとかをやめてくれるなら、今のままでも構わないんだ。

私も、別に、好き好んでみっちゃんのお父さんと仲違いをしたいわけじゃない。

……でも、結構気の良い、そして強力な派閥を持つ貴族や大商人の知り合いは、既に何人かできている。選択権があるのは、私の方だ。

そして、本当に、近隣他国での活動も視野に入れている。

この国から周辺国に輸出するより、各国に拠点を築き、それぞれの国でレフィリア貿易のような商会をでっち上げさせて、その実質的な支配権を握る。……所有権や法的権利とかじゃなくて、『言うことを聞かないと、取引を停止して、他の商会に卸す』という、絶対的な生殺与奪《せいさつよだつ》の権利を握ることによって。

そう、レフィリア貿易の場合と同じく、どんな法的責任も金銭的責任も負わず、いつでも全ての資産と共に正々堂々とおさらばできる態勢での、やりたい放題。

いざという時には、他国の商会と示し合わせての暗躍し放題。

うん、これだよ、これ！

目指せ、陰の経済国家、悪の大帝国！

組織名、『ファウンデーション』にしたろか！

ネクライム、ゴルゴム、邪魔大王国《じゃまだいおうこく》、百鬼《ひゃっき》帝国、ショッカー、パンサークロー、ブラック団。

うむうむ、夢が膨らむのぅ……。

＊　　＊

「何だと！」

部下からの報告に、思わず腰を浮かせた国王。

「は、レフィリア貿易の方からは、相変わらず、『まだ連絡がない』の一点張り。そしてミッチェル侯爵の方からは……」

「ようやく接触できたというのに、相手を怒らせて喧嘩《けんか》別れ、だと……」

「はい。しかも、関係悪化の原因となったのが……」

「儂との謁見を絶対に了承させるために、強い態度に出たのが原因とあっては、怒るわけにもいかんか……」

国王も、ミツハの扱いに関しては自分も大失敗を犯しただけに、自分が出した指示を実行しようとして失敗し、その指示の実行どころか、それまでに築いていた侯爵自身のミツハとの信頼関係や利害関係までもが失われたとあっては、怒るどころか、申し訳なさの方が先に立つ。

「「………」」

「いや、まだヤマノ子爵は戻ってきたばかりなのであろう。そして、一番最初にミッチェル侯爵のところへ挨拶に行っただけであろう。

　これからレフィリア貿易や銀行、その他の知り合いのところへ顔を出すであろうし、社交界《パーティー》にも出るであろう。何も、慌てることはない。

　レフィリア貿易経由であれば、そして言い方には充分注意を払えば、一方的に断ることも出来まい。まだ、慌てるような段階ではないわ。

……しかし、ミッチェル侯爵には悪いことをしたな。何か、埋め合わせを考えねばなるまい……」

　そんなことを言っている国王であるが、どうなることか……。

＊　　＊

「えええっ！　ミツハ様、ミッチェル侯爵様と喧嘩したんですか！」

『侯爵様』との絡みだからか、興奮して、私のことを『ミツハさん』ではなく『ミツハ様』と呼んでしまっているレフィリア。……まぁ、それくらいは仕方ないか。

「うん。舐《な》めた態度を取られて怒らなきゃ、女が廃《すた》るよ！」

「そこは、廃ってもいいから、我慢して下さいよおおおぉ〜〜っっ!!」

久し振りにレフィリアのところに顔を出して、正式にここへ戻ってきたことにすること、そしてミッチェル侯爵と仲違いしたことを話すと、驚かれた。

「大袈裟《おおげさ》だなぁ……」

「どこが大袈裟ですかっ！　こっ、侯爵様ですよ、侯爵様っっ!!　子爵が100人で掛かっても相手にもならない、侯爵様ですよっっっっ!!」

「あ〜、まぁ、『この国の子爵なら』、ね」

「あ……」

レフィリアが、少し落ち着いた模様。……ほんの少しだけ、だけどね。

うん、この国の貴族同士であれば、爵位の違いは絶対だろう。

他の貴族達や、自分の家の寄親《よりおや》、派閥のお偉いさん、自領に接する周辺領地の貴族達、そして王宮絡みや、大商人絡み。そりゃ、政治力や財力、人脈、その他どうにもならない力の差というものがある。

……でも、私には、そんなの関係ない。

この国に領地があるわけでも、収入を頼る農地や商工業の拠点があるわけでも、そして人間関係のしがらみがあるわけでもない。いざとなれば、全部切り捨てて、財貨だけ持って他国へ移れば済むことだ。

「でも、私はいいけど、そうなったらレフィリアはどうするの？」

　私が、そう意地悪な質問をすると。

「勿論《もちろん》、ミツハさんと一緒に国を出て、他国で『レフィリア貿易』の再立ち上げですよ！　そうして、私達を追い出した国から思い切り金貨を巻き上げてやりますよっ！

　ミツハ様さえ健在ならば、レフィリア貿易《うち》は、何度でも甦《よみがえ》ります！」

「……やっぱり。そんなことだろうと思ってたよ！」

「「あはははははは！」」

　うん、レフィリアも、いい具合に壊れてきたなぁ……。

「でも、まぁ、ミッチェル侯爵関連は、別に冷遇したりはしないでね。みっちゃん……、ミシュリーヌちゃんとはお友達だし、今まで色々とお世話になったのは確かだからね。今と同じ、よそよりちょっぴり優遇、という、現状維持でお願いね」

「分かりました！」

　うむうむ、侯爵の件は、それでいいだろう。

　そして、次に……。

「それで、王宮からの件は、どうなってるの？」

　私の問いに、困ったような顔をするレフィリア。

「はい、それなんですが、私への直接の接触はないのですが、父を通じての接触がしつこく……。とにかく、『ヤマノ子爵に陛下との謁見を』の一点張りで、私にもミツハさんと連絡が取れない、との返事を返す度に、父の顔色が……」

父親の店、セルツ商会の経営方針については意見が対立していたものの、別にレフィリアは父親と仲が悪いというわけではない。商会の経営については息子に仕込み、娘を深く関わらせることがないのは、別にレフィリアの父親に限ったことではなく、この国ではごく当たり前のことなのだから……。

なので、自分絡みのことで父親がどんどんやつれていくのは、申し訳ない思いなのだろう。

よし、じゃあ、ひとつ朗報を……。

「じゃあ、今度連絡が来たら、了承の返事をしておいて。レフィリアの頼みだから渋々引き受けた、ってことにして。それも、レフィリアのお父さんからの頼みだから、ということで、お父さんの手柄であることを依頼元に強調してくれていい、ってことで」

「え、いいんですか！　すみません、父がすごく助かると思います！　ありがとうございます……」

うんうん、商売仲間の家族のためならば、それくらいの便宜は図るよ！

私も、別に、どうしてもここの国王陛下と会いたくないってわけじゃないんだ。

いや、別にわざわざ会いたいとも思わないし、会う理由もないけれど、向こうが会いたいというならばそれなりの理由があるのだろうし、国王を邪険にしていて、いいことがあるとも思えない。

ここは、本当の身分（笑）を明かすことなく、ただの異国の小娘として軽く顔合わせをして、何も約束せず、言質《げんち》を取られず、無害な他国の下級貴族の娘です、ということでお茶を濁して興味をなくさせるのが一番だろう。

なのに、どうしてミッチェル侯爵はあんな余計なことを考えたのか……。不思議だなぁ。

「じゃ、本題に入るよ。今までに納入した商品の実売データから、以後の仕入れ品目と仕入れ量の再検討。卸先を絞ることによるレフィリア貿易の発言権の強化と、値崩れの防止。

　そして、うちが仕入れるものの入荷状況はどうなってる？」

　うん、本業の方が大事だからね、王様の御機嫌伺いなんかより、ずっと……。

＊　　＊

　そして、やってきました、王様との謁見の日が。

　本来ならば、ミッチェル侯爵に引率されて行ったかも知れないけれど、今回は侯爵ではなく、レフィリアのお父さん経由での紹介だ。そして、子爵ともあろう者が、中堅商会の商会主に付き添われて謁見に、というのは明らかにおかしい。なので、ひとりで登城《とじょう》。

　貴腐人店長作のドレスを身に纏《まと》い、颯爽《さっそう》と王宮へ！

　……歩いて。

　いや、だって、そこらの馬車屋でチャーターした馬車が、御者や馬車の検査もなしに王宮に入れるかどうか分かんなかったし、御者さんも、『王宮に入れ』なんて言われたら驚くだろうし……。

　自衛隊の基地や米軍基地に立ち入る時、クルマだと車検証とか自賠責保険だとか任意保険だとか、色々な書類の提示が必要だよね？　タクシーだと、車内やトランク、車体の下とかを調べられたりするし……。ああいう、何か面倒なことがあるんじゃないかと思って、警戒したんだよ。

で、門番さんに、思い切り眼を剝かれた。

……普通、貴族の女性はひとりで歩いて登城したりはしませんか、そうですか……。

ま、いいよ、通してくれるなら、どうだって……。

え？　案内してくれる？

あ、貴族の娘をひとりで勝手に王宮内をうろつかせたら、責任問題？

そうですか……。

いや、ゴメン！


そして、やってきました、謁見待機室！

ここでお呼びが掛かるのを待つわけだよね。何時間でも。

むこう、王様。

こっち、ただの他国の子爵。

うん、仕方ないな。

そして、思ったより早くお呼びが掛かった。

いよいよ、この国の王様との顔合わせだ。

今まで、王様と名の付く人とは何人も会ってきた。サビーネちゃんのお父さんを始め、ビッグ・ローリーでの条約会議根回しの旅で、色々と……。

いい人、横柄な人、その他色々いたけれど、ここの王様は、果たしてどんな人なのか……。

「面《おもて》を上げよ」

正面から王様の顔を見ることなく、俯《うつむ》いたまま御前に出て、そのまま下を見る。そして許可が出てから、初めて顔を上げて王様の顔を見ることができる。

そして……。

「え？」

そこには、見覚えのある顔があった。

「ウォンレード……伯爵……？」

私が、ぽかんとしていると……。

「ん？　あの者と知り合いか？　あれは、王家の血を引く者であるが、臣籍に降《くだ》った家系の者だ。儂に少し似ておると聞くが……」

あ、親戚なのか。だから、よく似てるのか……。そういえば、髪型と髭《ひげ》の形が少し違うような。

というか、王家の血を引いていたのか、あのＤＱＮオヤジ……。なので、他の貴族が手出しできず、好き放題にやってたわけか……。

それで、ミッチェル侯爵も逆らえなかった、と。う〜ん、情状酌量の余地あり、かなぁ。

「ヤマノ子爵、我が国でそなたの国のものを販売していると聞くが、子爵はどこの国の者なのか？」

うわ、来た！　まぁ、来ると思っていた質問だけどね。自己紹介も飛ばして、いきなりか……。

……というか、このあたりを探るための謁見であり、呼び出しなんだろうけどね。

「はい、我が祖国は、『ニホン』と申します……」

「ニホン？　聞かぬ名だな……」

そりゃ、聞かないだろう。

「もしかすると、この辺りでは違う名で伝わっておりますかも……。他国でも、ニホン、ニッポン、ジャパン、ヤーパン、ジパング、その他様々な名で呼ばれておりますから……。他にも、ある国など、エイコク、イギリス、イングランド、グレート・ブリテン、ユナイテッドキングダム等、様々な名で呼ばれておりますし……」

実際には、構成国のひとつの名だったりもするけれど、日本ではごっちゃにされているから、まぁいいや。ただの、ごまかしの台詞に過ぎないし。

「う、うむ、確かに我が国でもそういう例はかなりあるな……」

うん、そういう例はいくらでもあると思う。

「そして、陛下がお尋ねになられましたのでお答え致しましたが、本来は、我が母国についてはまだ公表する時期ではなく、国元からも、国の名を出すことなく、あくまでも私個人の才覚で行動するよう指示されております故、これ以上のことは……。

そして、今名乗りました国名も、どうかここ限りのこととして戴きたく……」

私が母国の名を明かしたがっていないことくらいは当然調査済みだろうし、今の私の態度からも、それははっきりと伝わったはずだ。

ニホンという名は、輸入のための書類にも記載しているから、それくらいはとっくに確認済みだろうし、架空の国名とでも思っているだろう。後で正式な国交とかの話になった場合に備えての、先程の『国によって色々な名で呼ばれており、その中のひとつ』というこじつけ説明なのであろう、と……。

そして、ここで地図を持ち出すような、空気の読めない馬鹿が国王になんかなるはずが……。

「おい、誰か、地図を持て！」

……おいおいおいおい！

宰相っぽい人が顔を顰《しか》めているけれど、他の、もっと下っ端らしい人達が、点数稼ぎのためか、争うように謁見の間から飛び出していった。

お〜〜い……。

そうか……。

そういうつもりか……。

相手の都合も何もお構いなしで、強引に自分の利益のためにゴリ押しか……。

やはり、所詮は侵略性国家の国王か。うちの王様を見慣れているから、王様ってのはどっしりと構えた人格者……っぽくはないな、サビーネちゃんにいいように振り回されている姿を見た限りでは……。

まぁ、確かに、あの遠征での２番目の訪問国の国王のような、調子こいたおっさんもいたか。

とにかく、言いなりになるつもりはない。

ここで素直に従えば、次々と要求がエスカレートするに決まってる。

それに、そもそも、ここの地図を持ってこられても、指差しようがない。日本は勿論、うちの国すら載っていないからね。

かといって、適当な国を指したところで、専門家にひとつふたつ質問されただけで嘘がバレるだろうから、何の意味もない。相手に、私を問い詰めるための理由を与えるだけだ。

というわけで……。

「地図をお持ち致しました！」

やけに早いな。多分、前もって用意していたな……。

「うむ、構わぬ、そのままここへ持って参れ！」

普通は、お側役が受け取り、仲介するものである。なのにこの言葉を掛けられたということは、国王陛下から『近《ちこ》う寄れ』と言われたも同然である。そしてそれはすなわち、『お前のことは信用している』という意味でもある。身分がそう高いわけではない者にとっては、とんでもなく光栄なことであろう。

「ヤマノ子爵も、ここへ参れ」

うん、そりゃ、私が行かなきゃ位置を指し示せないよねぇ。

……でも。

地図を持って、感動の面持《おもも》ちで王様に近寄っている人には悪いけど……。

「その必要はありません」

「……え？」

思わず立ち止まった、地図を持ってきた人。

ぎょっとした顔の、宰相さん。

……そして、きょとんとした顔の、国王陛下。

「私は先程、他国の王に対して失礼にならぬよう気を付けて、国元からの指示により詳細はまだお話しできないこと、しかし陛下に対する敬意を表して敢えて国名のみは明かしたということをお伝え致しました。

しかし、それにも拘わらず、それ以上のことを要求されるということは、私に国を裏切らせ、私が国元から命令違反として処罰されても構わない、それよりも御自分の好奇心を満たすことの方が優先される、と判断され、それを私に明言されたわけですよね？

ならば、祖国を裏切って処刑されるよりは、さっさとこの国から引き揚げる方を選びます、当然のことながら。

そして私はすぐにこの国を去りますから、私の母国がどこであろうと、陛下には、もはや何の関係もございませんので……」

「え？」

当たり前だ。

駄目だと言っているのに。

しかも、国元からの指示だと言っているのに。

……誰が、そんなヤツに便宜を図るものか！

やはり、あのＤＱＮ親子の親族だけのことはある。

「当初からの行動指針として、国元からの指示であると告げたにも拘わらず、それを無視して自分達の指示に従うよう強要された場合、直ちにその国から退去して拠点を他国に移すことになっております故、私個人の判断ではどうにもなりません。

では、失礼致します」

……ごめん、レフィリア。国外移動の件、思ったより早くなっちゃったよ。

で、私がさっさと謁見の間を後にしようとしたら……。

「待て！　待たんか！」

後ろから何やら聞こえるけれど、関係ない。

だって、私はこの国の者じゃないから、こんな初対面のおっさんの命令に従わなきゃならない理由なんかない。頼まれたから『厚意で来てあげただけ』なのに、私にとって許容できないことを、嫌だと言うのに強要するというならば、そりゃ帰るよ。別にこの男の奴隷というわけじゃないし、何の義理も恩義もないんだから。

よし、まずは銀行でお金を全額引き出して……。

「待てと言うに！　おい、その娘を止めろ！」

槍《やり》を手にした警備兵が、私の前を塞いだ。

「……あなた、お名前は？」

「え？」

私に名を尋ねられ、きょとんとした顔をする警備兵。

「いえ、我が国に対する宣戦布告に相当する行為をなさったあなたの名を、宣戦布告に対する受諾宣言と開戦告知の文書に記載致しますので。

あなたの行為が戦争の原因となり、多くの民が死ぬこととなったのは全て国王陛下とあなたの責任であるということを、全ての人々に知らしめる必要があるでしょう？」

「ひっ！」

蒼白になって、慌てて後方へと飛び退《すさ》る警備兵。

……根性ないなぁ。

誰も動かないし、何も喋らないから、部屋中が静まり返ってるよ。

他国の貴族を、国の秘密を吐かせるために不当に拘束しようとしたんだから、それくらい、当然の帰結でしょうに。それも、私が王族だと目星を付けていての行為なのだから……。

小娘相手だからと、舐めてかかったのかな？

私は香辛料を卸しているんだ。……舐めたら辛《から》いよ？

……私が本気で戦争をするつもりか？

いや、うちの国とここととは、とっくに戦争状態になっている。

そして今回は、それとは別に、我が『ヤマノ王国』（国民ひとり）が戦争を始めるわけだ。

軍艦を拿捕《だほ》したり、物資や財貨を押収したり……。うん、美味しいかもしれない。

一応、うちの王様から私掠《しりゃく》免許を貰《もら》っておこうかな。念の為に……。

「……待て、待ってくれ！」

私が扉の前まで進んだ時、ようやく静けさを破って国王から声が掛けられた。

しかし、先程と同じ言葉なので、完全スルー。扉の開閉を担当する衛兵が動く素振りもないので、仕方なく自分で開けようとしたら……。

「違う、そうではない！　動くなと命じているのではなく、話を聞いてくれと頼んでおるのだ！　すまぬ、悪かった！　今のは無しだ、取り消す！　だから、話を聞いてくれ！」

びっくりだ！

まさか、国王ともあろう者が、いくら私が王族だと思わせているとはいえ、王族の一員かもしれないというだけのただの他国の貴族に、家臣達の前で謝罪するとは！

家臣や衛兵達も、眼を剝いて驚いている。

そんな度量があったんだ……。やはり、国王をやっているだけのことはあるのか。『私は国王だ。王族をやっておる……』とかいうやつか？

まぁ、過ちを認めて撤回するというならば、話を続けることには吝《やぶさ》かではない。私も、好き好んで王様と喧嘩をしてこの国から去りたいわけじゃないんだ。できることなら、このままこの国を拠点にしていたい。

拠点を他国に移したら、せっかく今までに築いた人脈や商売のルートが全部パーになって振り出しに戻るし、物産店も……、って、あれは賃貸だから問題ないか。

銀行口座のお金は、勿論全部引き出して、金の地金《インゴット》を買ってから出国するか、後でレフィリア貿易経由で買うつもりだった。レフィリアが国を出奔《しゅっぽん》するのは、色々な下準備が終わるまで待ってもらって……。

もし口座を凍結されたら、勿論、直接金の地金《インゴット》で返してもらうつもりだった。違約金込みで、銀行と王宮の両方から。

……別に領収書や猫の図案のカードを置いていったりはしないから、私がこの国に預けていた資産を自主回収したということはバレないはず。謎の大怪盗のことで大騒ぎにはなるだろうけどね。

まぁ、手間はかかるけれど、他国で仕切り直しをすることは、正直言って、そんなに大変なことじゃない。一度やったことを繰り返すだけだから、今度はもっと上手《うま》くやれるだろう。

……でも、私がそれに乗り気じゃないのは……。

うん、私のお友達になってくれたミシュリーヌという名の少女は、この国にしかいないからね。

そういうわけで、堂々と荒稼ぎをするチャンスを棒に振るのはちょっと惜しいけれど、この国と縁を切ったり、金儲《かねもう》けのために、避けられる戦争を避けずに開戦、というのもちょっとアレなので、ここは素直に退《ひ》こう。

「……そう言って戴けるのでしたら……」

私が玉座の方を向いてそう言うと、あからさまに安堵《あんど》した様子の、王様。

でも、別に、他国の小娘ひとりの機嫌を損ねたところで、そんなに大きな問題じゃないと思うけどなぁ……。

戦争にしても、私の母国は遠くの小国だと思っているだろうから、陸上戦力、海上戦力共に、とてもこの国に喧嘩を売れるような力はないであろうと思っているだろうし。

というか、私の母国を占領し植民地として併合する絶好の機会、とか考えそうなものなのに、どうしてそんなに弱気になったのやら……。

「では、今回のことは、なかったことに……。

私は、今日は物産店《おみせ》の2階で寝ており、どこにも出掛けなかったし、誰にも会わなかった。この国の王様に会ったような夢を見たけれど、あくまでもそれは夢。ただの夢に過ぎなかった、ということで……」

「う、うむ、そうだな、その通りだ！『現実での、初顔合わせ』は、また改めて……」

（また呼び出すつもりかよ！　寝言は、寝て言え……、って、今は夢の中だから、いいのか……）

さすがに、これは心の中でそっと呟《つぶや》いただけ。

何とか決定的な破局は回避できたし、これに懲《こ》りて、以後は強引なことはしないだろう。ちゃんと節度ある行動をしてくれるなら、私も無下に扱うようなことはしないよ。仮にも、相手は王様なんだからね。

……まぁ、この国の国力を低下させるよう暗躍している私が、偉そうなことを言うのも何だけど。

王様も、今、このまま仕切り直して話を続けるのは得策ではないと考えたのか、今回はこれで帰っていいみたいな雰囲気だ。

私の機嫌が悪くなった後だから、今、無理に話をするよりも、後日、私の機嫌がいい時に改めて、と思うのも無理はないか。

そもそも、今何か約束をしても、『え？　知りませんよ。その日は私、どこにも行かずに物産店《おみせ》で寝てましたけど？』と言ってしらを切れば終わりだし、王様も、そのあたりを警戒しているという可能性も……。

むむむ、思ったより切れるのかな？

……ぷっつん、じゃない方。

とにかく、今回はこれで終わり、ってことで良さそうだな。

よし、撤収！


適当に暇《いとま》乞いの挨拶をして、謁見の間を後にした。

そして、案内の衛兵さんの後に続いて、城門の方へ。

……いや、ひとりだと迷子になっちゃうし、他国の者にひとりで王宮内をうろつかせたりはしないだろう、普通……。

それで、まぁ、無言の衛兵さんの後について歩いていると……。

……ん？

前方に、何やら見覚えのある姿が……。

「え？　ヤマノ子爵？」

ああっ！　コイツ、あれだ、エフレッド子爵とかいう、ウォンレード伯爵とやらの息子の、DQN野郎！　私の、奥ゆかしく慎ましやかな体型を馬鹿にしやがった、セクハラ野郎!!

どうしてここに……、って、王族の血を引くらしいから、別におかしくは……、って、そんなわけあるか、ボケエエエ!!

こんな偶然があるもんか！

くそ、やられた！　騙された!!

王様とウォンレード伯爵、髪型と髭の形が少し違うと思ったけれど、全く違うというわけじゃないから、そんなもの、簡単に変えられる。誤差の範囲内だ。ウィッグ《かつら》や付け髭もあるし……。

コイツが王宮内をひとりで歩いているのを見れば、さすがに私にも分かるよ！

……やってくれたな、ウォンレード伯爵《おうさま》……。

王様と違って変装も何もしていないこの男が王太子殿下とやらで、そして、コイツは私に会う予定はなかった、ということか……。

もしかすると、王様が内緒にしてた？　また、やらかさないようにと……。

そして、案の定、やらかした、と。

まぁ、いくら何でも、ふたり揃《そろ》ってちゃ、さすがに無理があるだろうし。

いや、でもこれは、本人のせいじゃないか。

私が王宮に来ることを隠されていたのなら、私と偶然出会ってしまったのは仕方ないだろう。何せ、王子様にとっては、ここは『職場兼自宅』なのだろうから、そりゃ、うろつきもするだろう。

……でも、だからといって、私がコイツににこやかに愛想を振りまかねばならない理由はない。あくまでもコイツは、私に暴言を吐いた、あの『エフレッド子爵』と同一人物。つまり、私を不愉快に、……とんでもなく不愉快にしてくれた張本人であることには変わりがないのだから！

そして更に、変にコイツに関わると、下手をすると王様がコイツを情報収集役にしてけしかけてくる可能性もある。

君子、危うきに近寄らず、だ。ここは、完全に突き放すに越したことはない。

「……どうしたんですか？　さっさと案内して下さい！」

さすがに、王太子殿下が私に話し掛けているのに、それを無視してさっさと先へ進むわけにはいかず、案内の衛兵さんの足が止まっていたため、そう言って先を促《うなが》したところ、ええっ、という顔をして眼を剝いた衛兵さん。でも、さっきの謁見の間でのことを思い出したのか、慌てて歩き出してくれた。

どうやら、王様相手に平気で突っ掛かる私が、王太子程度を相手に遠慮する筈《はず》がないということに思い至ったようだ。そして、険悪な諍《いさか》いが始まるよりはスルーした方がマシだと判断したらしい。

……うん、正解！

危険察知能力が優れていないと、魑魅魍魎《ちみもうりょう》の巣では生き残れないよね！

そして、何やら喚《わめ》いているエフレッド子爵を無視して、さっさと立ち去る私。

いや、私はこの男のことは『エフレッド子爵』としか教えられていないから、そのようにしか対処しないし、それで何も問題はないはず。

王宮でたまたますれ違っただけの、以前大勢の貴族達の前で酷い侮辱を受けた他国の子爵を無視する、怒りに満ちた若い女性。

……何の問題もない。非難される謂《い》われは全くないだろう、うん。

よし、撤収！

＊　＊

「……何、ヤマノ子爵に会っただと！」

「はい、先程、そこの廊下で……。彼女を呼ばれたなら、なぜ私に教えて下さらなかったのですか！」

王太子の言葉に、がっくりと肩を落とし、頭を抱える国王。

「せっかく、今までのことはなかったことにして、今回の失敗も何とかカバーして、これから、という形にできたというのに……。

……バレたであろうなぁ。ヤマノ子爵は、それ程馬鹿とは思えぬからなぁ……。

うぅむ、どうすれば……」

前途多難な、国王陛下であった……。

第六十章　地図にない島

俺は、主《あるじ》に命じられて、この田舎領の調査にやってきた。

田舎も田舎、大陸の中央方向とは全く逆側、王国の一番端っこにある、海に面した小さな子爵領。

それも、本来ならば男爵領であった、収益の少ない弱小貴族領である。

なぜ、そのようなところに、主からの信頼の厚い、腕利きである俺が派遣されたのか。

……それは、この領地が、あの『雷《いかずち》の姫巫女《ひめみこ》』、ヤマノ子爵の領地だからだ。

ヤマノ子爵。

ある日突然この国に現れて、ひとりで狼《おおかみ》の群れを殲滅《せんめつ》して村娘を助けた。

新興貴族家の娘のデビュタント・ボールを仕切り、大成功を収めて少女の未来を盤石《ばんじゃく》のものとした。

第三王女の危機を救い、料理店を助け、……そして遂にその正体を明かしての、王国の危機をお救いなされた、救国の大英雄、雷の姫巫女様。

俺も、国民のひとりとして感謝し尊敬しているが、それはそれ、これはこれ。主から命じられた仕事なのだから、仕方ない。

それに、別に姫巫女様に危害を加えるとか、敵対するとかいうわけじゃない。ただ単に、情報を収集するだけだ。女神様もお見逃し下さる程度の、ごく些細《ささい》なことに過ぎない。

だから、大丈夫。うまくやれば、何の心配もない。

……そのはずだった。

そのはずだったんだ!!

塩田や、その中枢部である足踏み水車、流下盤、枝条架《しじょうか》とかいうものを遠目に見ていた時には、何も問題はなかった。村人達の視線は感じていたが、余所者がじろじろと見ていたら、そりゃ向こうもこっちを見るだろう。当たり前のことだ。

漁船や、海岸近くに建設中の倉庫らしき建物の近くへ行った時も、特に何事もなかった。

……しかし、『夜遅くまで、とてもロウソクやランプの灯りとは思えない明るい光に照らされている』という噂《うわさ》の、領主邸。あの、雷の姫巫女様の御業《みわざ》の元である『雷の杖《つえ》』、『女神の御声《みこえ》』等の御神器が多数納められているであろう、領主邸。その領主邸に忍び込むべく、深夜、密かに庭に入り込むと……。

ばしゃっ!

何やらが作動する音と共に、突然強烈な光の奔流が叩《たた》き付けられた。

暗闇に慣れた眼は眩《まぶ》しさに眩《くら》み、一瞬、身体が硬直してしまった。……プロとして、あるまじき失態であった。

そして、明かりと共に、強烈な警報音が鳴り響いた。

銅鑼《どら》や太鼓のような、生易しいものじゃない。ジリリリリ、というような、聞いたことのない音が大音量で鳴り響き、俺の頭からまともな思考能力を消し飛ばしちまった！

そして……。

「どこの間者かなぁ？　ま、どこの手先だろうが、関係ないんだけど……」

そんな声が聞こえたかと思えば、次の瞬間、俺はひとり海辺に立っていた。


……確かに、ヤマノ領は海に面した領地だ。

でも、俺がいたのは、子爵邸の裏庭だ！　海岸線からは、数百メートルは離れていた!!

辺りは真っ暗で、子爵邸どころか、星明かりで遠くに見えるはずの町も、村々の建物も全く見えない。そしてあそこの漁村付近には、こんなに綺麗《きれい》な砂浜が広がっていたりはしなかった……。

慌てるな！　まだ、慌てるような時間じゃない!!

こんな、どこだか判らない場所で、暗闇の中、不用意に動き回るのは自殺行為だ。ここは、落ち着いて朝を待ち、明るくなってから状況を確認すべきだろう。それが、プロの取る行動ってもんだ。

……よし、とりあえず、安全に休めそうな場所を探すか……。

＊　　＊

そして翌朝。

近くにあった大きな木の上で夜を明かした俺は、周囲に気を配りながら下へ降り、再び砂浜へと戻った。そして周りを見回すと……。

「……島？」

そう、海岸線は、左右共に緩やかに円を描いており、それはここが、海に突き出た出っ張り部分、……あるいは、島であることを示していた。そして人が住んでいることを示すものが何もないことから、後者である確率が、かなり高かった……。

「ど、どうして……」

そう呟《つぶや》きながらも、考えられる理由などひとつしかないということは、分かっていた。

……『渡り』。

雷の姫巫女様がお使いになるという、一瞬で遠い距離を移動するという、奇跡の御業。

そして、昨夜、裏庭で聞こえた少女の声。

いや、少女であればメイドとか料理人見習いとか、色々といるだろう。

しかしあの、深夜に怪しい侵入者を前にしての、全く動揺した素振りもない、呆《あき》れたような口調でのあの言葉は、ただの使用人が口にするようなものではなかった。それは、つまり……。

「やはり、姫巫女様か……」

いや、勿論《もちろん》、とっくに気付いてはいた。

ただ、周囲の地形や状況を確認して、自分の推論を再認識しただけである。

……眠れない樹上の一夜というのは、考え事をするには充分に長い、いや、些《いささ》か長すぎる時間なのであった……。


「お〜い！」

突然後方から聞こえた声にバッと振り向いて、反射的に懐に入れかけた右手を意思の力で止め、前方に見える男を見詰めた。

いきなり危害を加えるつもりであれば、遠くから声を掛けたりはするまい。少なくとも、相手を油断させて不意を衝《つ》くまでは。なので、近付いてくる男を、のんびりとした顔で待ち受けた。

……勿論、いつでも懐からナイフを抜き出せるよう、万全の態勢で。

そして、近付いてきた男が、苦笑しながら言った。

「いや、警戒するのは分かるが、そんなに心配しなくていいぞ。悪意があったら、とっくに遠距離から弓で射るか、もっと大人数で武器を持ってやってきて、取り囲むさ」

それもそうか。俺をここに連れてきた一味なら、いつでも簡単に殺したり捕らえたりできたはずだ。ここは、おとなしく話を聞くか……。

「ま、薄々気付いちゃいると思うが、姫巫女様の仕業だ。悪意を持って領民に危害を加えようとした者は、プチッ、と。そしてそう大きな悪意はなく、しかし諜報《ちょうほう》活動のために一線を越えてしまった者は、ここに運ばれる。……つまり、『殺す程じゃない敵対者の、捨て場』だよ、この島は……」

「す、捨て場？」

ここが島であることは、予想の範疇《はんちゅう》だ。しかし、『捨て場』とは……。

殺す程の罪ではない者をただ、捨てるだけの場所？　訊問《じんもん》は？　雇い主や目的を吐かせるための拷問は？

男に、そう聞いたところ……。

「必要ない、ってことらしいな。相手が誰に雇われた者であろうと、害意のない者は本人をここに捨てるだけ。害意がある者は、全てを吐かせて、雇い主共々、プチッ、と……」

「……何だ、そりゃ……」

雑魚には用はない、ということか……。

「で、どれくらい経てば解放してもらえるんだ？　お優しい姫巫女様に……」

「分からん」

え？

「ここに来た者は、皆、ずっとここにいる。途中で誰かがいなくなったということはない。最初の者がここに来てから、ずっとな……」

「なっ！　ひ、姫巫女様は！　姫巫女様が訊問に来たりは……」

「しないな。捨てて、それで終わりらしい。なので、俺達は魚を獲ったり獣を狩ったり山菜や果物を集めたりと、まぁ、自力で生きていかなきゃならんわけだ」

「そんな！　俺には、妻と子供がいるんだぞ！　それに、俺の雇い主は、別に姫巫女様の敵じゃねぇ！　ただ、ほんのちょっぴり、領地発展のヒントを貰《もら》いたかっただけなんだよ！　ちゃんと、俺の雇い主が誰かを聞いてもらえれば……」

必死でそう言ったが、男は苦笑いを浮かべるのみ。

「……敵じゃない、か……。

言っとくが、俺の主人は、ボーゼス伯爵だぞ？　おそらく、姫巫女様が俺たちの国で一番信頼しておられ、最大の味方だと思っておられ、そして家族ぐるみでお付き合いをしておられる、あのボーゼス伯爵家だぞ！　……なのに、一度も会うことも、話を聞いてもらえることもなかった……」

なん……だと……。

「さ、皆に紹介しよう。むこうに、皆で頑張って作った掘っ立て小屋と畑があるんだ。

……お前、釣りは得意か？　狩猟や大工仕事はできるか？　何か、生活に役立ちそうな特技はあるか？」

「…………」

「あ、そうそう、ここじゃあみんな、元の国や身分、名前とかは関係ないからな。どんな立場だった者も、ここでは皆等しく、ただの囚人《プリズナー》に過ぎん。だから、ここじゃあ以前の名前は捨てて、互いに番号で呼び合っている。無名の新人も、有名な一流の間諜も、皆、等しく……、って、『有名な一流の間諜』って、そんなのいやしねぇか。正体が知られている間諜なんか、三流以下だよなぁ、ははは……。

あ、そうそう、お前の新しい名前は、『28番目』、No.《ナンバー》28だ。そして俺は6番目。囚人《プリズナー》No.6、と呼んでくれ。……おそらくは我が国の地図には載っていないであろう、この島の囚《とら》われ人《びと》のな……」

これから、長い長い日々が始まる。
それだけは、どうやら間違いないようであった……。

第六十一章　３階開放

「というわけで、３階の開放を要求します！」

「何が、『というわけで』、よ！」

新大陸、ヴァネル王国からコレットちゃんを領地邸へと送り届け、王都の『雑貨屋ミツハ』に戻ってきたら、店の前でサビーネちゃんが待ち構えていた。

「また、コレットを連れていってたんでしょう！　その分の補塡を要求するっっ‼」

あ〜、コレットちゃんに差を付けられたのが、我慢できないのか……。だから、その分、どこかで取り返さないと、とか考えてるな。こりゃ、退《ひ》きそうにないぞ。参ったなぁ……。

「もう、にほん邸も見たんだから、姉様が『雑貨屋ミツハ』の３階に置いているものを見ても、問題ないでしょ！」

う〜ん、確かに、その通りなんだよねぇ……。

３階には、日本の自宅を上回るものは、特に置いていない。

武器は、必要な時以外はウルフファングの本拠地《ホームベース》に借りている部屋に置いてあるから、ほんと、テレビやブルーレイ、エアコンに冷蔵庫、ゲーム機とかの、既にサビーネちゃんにとってはお馴染《なじ》みのものばかりだ。

ノートパソコンも置いてあるけれど、ネットに繋《つな》がるわけじゃないし、さすがのサビーネちゃんも、使い方も教わらずに使いこなせるわけがない。

そもそも、サビーネちゃんは、私が『絶対に触るな』と真剣な顔で言えば、決して触ることはない。そのあたりは、信用できる子なんだ。

「そして、私に自由にここに出入りする許可をくれたら、姉様の代わりにお店を開けてあげるよ。勿論《もちろん》、店番は侍女やメイドに任せて、私は別のことをやってるけどね！

姉様、色々と忙しくて、手が回らないんでしょ？　かなり楽になると思うんだけどなぁ……」

ううっ！　魅力的な条件が……。

どうせ隠れ護衛の皆さんがいるだろうから、保安上の心配もないか……。サビーネちゃん以外の者は1階のみで、２階以上にはサビーネちゃん以外は立ち入り禁止、ということにすれば、特に問題はない。

うむむ……。

うむむむむむ……。

朝刊で注目、夕刊で決心！

……『神戸新聞アルバイトニュース』かっ!!

いや、それは置いといて……。

「うむむむ……。し、しょうがないなぁ、サビ太くんは……」

姫巫女《ひめみこ》陥落！

って、どこの18禁漫画やねん！

……とにかく、こうして、私は悪魔の囁《ささや》きに屈してしまったのであった……。

＊　＊

「……と、こうして防犯設備のモードを切り替えるの。クロスボウの自動発射装置とかは取り外したから、ミスって一発即死、ってのはないと思うけれど、夜中に非常ベルが鳴り響いたり、領地邸の拡声器から警報が流れたりすると大迷惑だから、絶対におかしなことをしちゃ駄目だからね！　場合によっては、ここの自由使用許可を取り消すからね！」

「う、うん、分かった！」

私が本気で言っていることを理解したらしく、真面目な表情でそう答えるサビーネちゃん。

「あと、３階に立ち入れるのは、サビーネちゃんのみ！　メイドさんや護衛の人達は、火事や盗賊の侵入、あるいはサビーネちゃんが危機に陥った場合を除き、１階以外は立ち入り禁止。そしてサビーネちゃんは、２階は階段で通過するだけで、その他の部分には立ち入り禁止。

これは、２階は物置にしか使っていないし、泥棒避《よ》けに色々な罠《わな》を張り巡らせているから、サビーネちゃんの安全のためだからね。分かった？」

「うん！」

こうして、『ヤマノ子爵家王都邸』こと、『雑貨屋ミツハ』は、店長代理を採用した。その、直属の配下達と共に……。

ちなみに、店長代理の配下達に対して、店長である私には、命令権はない……。

「あ、姉様、ひとつ、お願いがあるんだけど……」

「ん、何？」

まぁ、無料で働いてもらうのだから、お願いのひとつやふたつくらいは聞いてあげるか……。

「あの……、弟とちぃ姉様も入れちゃ、駄目かなぁ……」

「え？」

弟といえば、あの、ふわふわした癒しの王子様、ルーヘン君だよね？　そして、ちぃ姉様といえば、サビーネちゃんが大好きな、あの、２番目の王女様だ。

確かに、３階で、ずっとひとりでＤＶＤやブルーレイを観ているというのも、寂しいかもしれないな。ルーヘン君や、ちぃ姉様とやらには映像作品の言葉が分からないだろうけれど、それでも、サビーネちゃんが翻訳してあげれば、みんなで楽しい時間が過ごせるかもしれない。

それも、毎回ではなく、ごくたまに、程度だろうし……。

そうでないと、サビーネちゃんが新しい作品をゆっくり楽しめないだろうからね。

うむむむむむ……。

「王太子殿下や、第一王女殿下は対象外なんだよね？」

「うん！」

そうか、そっちは切り捨てるか。……相変わらず、ドライだねぇ、サビーネちゃん……。

しかし、私がそのふたりにはＯＫを出さないであろうということを見越してのことなんだろうな、多分……。

そう、そのふたりだと、ここで知ったことを、国の利益に繋げて考えるだろうからね。

王族としては、それは義務であり、正しいことなんだろう。

……私がそれを嫌がり、その手のことで何かを強要されるととても困る、というだけのことだ。

だから、サビーネちゃんは、最初からそのふたりは切ったのだろう。……別に、仲がいい悪いとかいう問題ではなく。

……そうだよね？

しょうがないなぁ、サビ太くんは……。

「承認！」

斯《か》くして、堕天使《サビーネちゃん》による『雑貨屋ミツハ』侵略が開始されたのであった……。

＊　＊

「アピア！」

登場の決め台詞と共に出現した、私。

……どこの『週刊少年宝島』の掲載作かっ！

ここは、『雑貨屋ミツハ』の2階。

うん、3階にサビーネちゃんの立ち入りを許可したから、もしサビーネちゃんが3階にいた場合、私が突然出現したら驚かせることになっちゃうからね。

心臓麻痺《まひ》とかはともかく、熱い紅茶でも飲んでいて、噴き出したり溢《こぼ》したりして悲惨なことになると困るから、転移ステーションというか発着場というか、私が出現する場所を2階の一室に固定したのだ。火傷もだけど、サビーネちゃんが着ている服って、かなり高いよねぇ……。

2階は商品の在庫置き場になっていて、防犯装置がてんこ盛りだけど、それらを設置したのは私だから、自分が引っ掛かるようなことはない。サビーネちゃんは立ち入り禁止にしているけどね。

そして、ピアノ線やら、『レーザーホログラフィで幽霊の立体映像が浮かび上がり、音声が流れる仕掛け』の起動装置に繋がった糸やらを避け、階段へ。

そして3階の居間のドアを開けると……。


「あ、お邪魔してます……」

ぺこりと頭を下げて、第二王女殿下が微笑みながらそんな言葉を掛けてきた。両眼を真っ赤に充血させて……。

そう、居間では、サビーネちゃん、弟のルーヘン王子、そしてちぃ姉様こと第二王女が、炬燵《こたつ》に入ってミカンを食べながら、ロールプレイングゲーム《RPG》をやっていたのである。周りに、お菓子の空き袋やジュースの空き缶、空き瓶を大量に散乱させて……。

Ice Cream
chap star
カルピス ジュース
ポテトチップス

「お……」

「「お？」」

「お前らあああぁ～～！　いったい、いつからやっているううぅ～～!!」

そして、必死に抵抗するサビーネちゃんには構わず、ゲームやＤＶＤの時間制限を細かく定めた私であった……。

書き下ろし　クリーニング屋を始めよう！

ある日、気付いた。

気付いてしまった……。

「私って、クリーニング屋の才能があるんじゃないの？」

そう、発端は、孤児院からの帰りであった。

孤児院に食べ物の差し入れに行き、年少の子供達と遊び、服を汚してしまった私は、孤児院を出るとすぐに、人目につかないところから日本の自宅へと転移したのだ。汚れた服のまま街中を歩いて『雑貨屋ミツハ』へ戻るのは気が進まなかったから。

そして、転移する時に、こう考えていたのである。『汚れた服のままは嫌だなぁ。早く汚れを落として、染みにならないようにしなきゃ……』と。

そして自宅の洗面所、洗濯機の前に出現した私は、……汚れひとつない、綺麗《きれい》な服を着ていた。

考えてみれば、当たり前である。体内の寄生虫や病原菌を選択的に除外して転移できる私が、『衣服の汚れ成分』だけを除外して転移することができないなどと、どうしてそんな考えに囚《とら》われていたのか！

……失敗した。

血で汚れたドレス、処分しちゃったよ！

転移で『血や、その他の汚れ成分は残れ！』って念じて転移すれば、綺麗になったかもしれないのに！

あああああああ、痛恨の、大失敗‼

……いや、まぁ、終わってしまったことは、仕方ない。

問題は、これからだ。今、気が付いたこの可能性を、どうするか。

この、新たに発見した能力を使って、私ができることは！

……クリーニング屋。

いや。

いやいやいやいやいやいや！

もう少し、何かあるだろう！　もっと、こう、何か……。

アイロン掛けるのが下手だから、クリーニング屋は無理？

いやいやいやいや、そうじゃなくて‼

あ。

もしかして、『汗や老廃物は残れ！』って言って転移すれば、風呂要《い》らずなのでは……。

いや。

いやいやいやいやいや！

風呂とは、そういうものじゃない！

そういうものじゃないのだだだ!!

あ。

美容院へ行かなくても、『この1ヵ月間で伸びた部分の髪、残れ！』ってやれば……。

そうすれば、この1ヵ月に伸びた部分だけが残って……。

うん、伸びたのは根元の部分だから、そこが残るということは、転移先には丸坊主の私と、バッサリと落ちた髪が足下に……。

ぎゃあああああ!!

ヤバい！　やばたにえん……。

一歩間違えれば、とんでもないことになる！

ああ、気付いて良かった！　ぜえぜえぜえ……。

過ぎたる力を与えられし者の、典型的な破滅の罠《わな》に陥るところだったよ。危ない、危ない……。

『耳垢《みみあか》は残れ！』とか、『鼻くそは残れ！』くらいなら、大丈夫かな。

あと、『鼻の角栓、残れ！』とか……。

そして、『う○こは残れ！』って念じて転移すれば、トイレに行かなくても……。

便秘も下痢も、もう怖くない！

ああ。

ああああああ！

どんどん、怖い考えになっていくぅ……。

……待てよ？

生肉を持って、『水分の9割くらい、残れ！』ってやると、一瞬で干し肉が出来ないか？　香辛料をまぶして、ビーフジャーキーとか……。あれ、結構高いんだよね。

ん？　味の熟成とか、そっちには影響しないかな？

干物とか鰹節《かつおぶし》とかを作るのに時間が節約できそうだけど、ああいうのって、ただ水分を飛ばすだけじゃなくて、その過程で化学的な分解作用が進んで、旨味が増すんじゃなかったっけ？　熟成とか……。確か、タンパク質が分解して、アミノ酸になるんだっけ？

とにかく、水分を抜けばいい、ってもんじゃないか。

それに、異世界に行きっぱなし、っていうならともかく、私の場合、わざわざ自分で作らなくても、お店で買った方が簡単で美味しいよ！　素材を入手して下拵《したごしら》えをして色々やるのに、どんだけ手間がかかるんだよ！　そういうのは、専門家に任せりゃいーんだよ！

あ、洗濯物を乾かすのにも使えるんじゃあ？

雨の日でも、天気に関係なく洗濯ができる？

下着泥の心配も、見栄を張るためにワンサイズ大きいブラを一緒に下げておく必要も……、って、うるさいわ!!

そしてそして、食べ放題のお店で、お腹がいっぱいになると瞬間往復転移して、転移先に胃袋の中身を残してくれれば、無限に食べ続けられる上、太らない！

満漢全席《まんかんぜんせき》でも、完全に食い尽くせる！

うおおおお、て、天才かっっ‼

……いやいやいやいや、落ち着け、落ち着け私！　ぜぇぜぇ……。


あ。


……どうしよう。

とんでもないことが閃《ひらめ》いてしまった……。

転移する時、『体脂肪、10パーセントくらい残れ！』って言って転移したら、どうなるんだろう……。


夢の、瞬間ダイエット！

もう、パーティーで食べたい料理を我慢する必要も。

スカートやズボンのホック、ドレスの腹部を気にすることも。

そしてお腹と胸の高低差に諸行無常を感じることも。

おお。

おおおおおお‼

いや、ちょっと待て！

さっきの、丸坊主未遂事件のこともある。

ここはひとつ、実験を行うべきだろう……。

＊　＊

そして、買ってきました、５等級の霜降り牛肉！　肉の間に細かく網の目のように脂肪《サシ》が入っているという、一級品！

……いや、ランクとしては５等級品だけど。最高が５等級とか、紛らわしいわ！

とにかく、これを使って、実験だ！

……ビーフジャーキーの方じゃないよ、体脂肪の方だよ！

牛肉を持ったまま、普通に向こうへ転移して、こっちへ戻る時に、脂肪分を２割くらい除外する。

こっちに残さないのは、台所の床に脂肪分がべったりと落ちると、後の掃除が大変だからだよ。

よし、連続転移、れでぃ、ＧＯ‼

「ぎゃあああああああ〜〜‼」

斯《か》くして、私の実験は終了した。

……何があったのか？

今は、何も言いたくない……。

そして、衝動買いしたダイエット器具が、また物置の容量を圧迫するのであった……。

くそ、レミア王女殿下に、金貨1枚で売りつけちゃる！

あとがき

お久し振りです、ＦＵＮＡ《ふな》です。

『ろうきん』、遂に6巻です！

今回から、イラストレーターをコミカライズ担当のモトエ恵介先生にお願いすることとなりました。

Ｗｅｂ漫画誌『水曜日のシリウス』でのコミカライズ連載、漫画単行本《コミックス》の作業、そして小説版のイラスト担当と、超多忙のモトエ先生。……締め切りが被るからなぁ……。

そして、遂に1巻刊行から4年！

続刊を出し続けられているのは、全て、今この本を手に取っていただいている、読者の皆さんのおかげです。ありがとうございます。

引き続き、よろしくお願い致します。

コレットちゃん、諜報員と戦い、船魂《ふなだま》になり、大活躍！

そしてミツハも、地球で、新大陸でと大活躍！　領地の方は、大丈夫なのかなぁ……。

次巻では、ベアトリスちゃんが、そして『ソサエティー』の少女達が登場！

ミツハは、貴族家御令嬢達を御することができるのか？

乞うご期待!!


異世界もミツハの地球も、そして現実世界の地球も大変なことだらけだけど。

努力はしなきゃならないけれど、やるべきことを全部やった後は、思い悩んでも仕方ない。

ケ・セラ・セラ！

何とか、なるなる！

次巻、7巻で、再び元気で会いまっしょい!!


担当編集様、イラスト担当のモトエ恵介様、装丁デザイナー様、校正・校閲様、その他組版、印刷・製本、流通、書店等の皆様、小説投稿サイト『小説家になろう』の運営様、感想欄で誤字の指摘やアドバイスを下さった皆様、そしてこの本を手に取って下さいました皆様に、心から感謝致します。

ありがとうございます！

FUNA

Kラノベブックス

老後《ろうご》に備《そな》えて異世界《いせかい》で8万枚《まんまい》の金貨《きんか》を貯《た》めます6

FU《ふ》NA《な》

2021年 6 月30日第1刷発行
2022年12月 5 日第2刷発行

発行者	森田浩章
発行所	株式会社 講談社 〒112-8001　東京都文京区音羽2-12-21
電　話	出版　(03)5395-3715 販売　(03)5395-3608 業務　(03)5395-3603
デザイン	ムシカゴグラフィクス
本文データ制作	講談社デジタル製作
印刷所	株式会社KPSプロダクツ
製本所	株式会社フォーネット社

KODANSHA

ISBN978-4-06-519781-3　N.D.C.913　291p　18cm
定価はカバーに表示してあります

ファンレター、
作品のご感想を
お待ちしています。

あて先
〒112-8001　東京都文京区音羽2-12-21
(株) 講談社　ラノベ文庫編集部 気付
「FUNA先生」係
「モトエ恵介先生」係

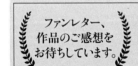